U0056096

想飛的小石頭

編輯序 當孩子不愛讀書……

慈濟傳播文化志業出版部

親師座談會上，一位媽媽感嘆說：「我的孩子其實很聰明，就是不愛讀書，不知道該怎麼辦才好？」另一位媽媽立刻附和，「就是呀！明明玩遊戲時生龍活虎，一叫他讀書就兩眼無神，迷迷糊糊。」

「孩子不愛讀書」，似乎成為許多為人父母者心裡的痛，尤其看到孩子的學業成績落入末段班時，父母更是心急如焚，亟盼速速求得「能讓孩子愛讀書」的錦囊。

當然，讀書不只是為了狹隘的學業成績；而是因為，小朋友若是喜歡閱讀，可以從書本中接觸到更廣闊及多姿多采的世界。

問題是：家長該如何讓小朋友喜歡閱讀呢？

專家告訴我們：孩子最早的學習場所是「家庭」。家庭成員的一言一行，尤其是父母的觀念、態度和作為，就是孩子學習的典範，深深影響孩子的習慣和人格。

因此，當父母抱怨孩子不愛讀書時，是否想過——

「我愛讀書、常讀書嗎？」

「我的家庭有良好的讀書氣氛嗎？」

「我常陪孩子讀書、為孩子講故事嗎？」

雖然讀書是孩子自己的事，但是，要培養孩子的閱讀習慣，並不是將書丟給孩子就行。書沒有界限，大人首先要做好榜樣，陪伴孩子讀書，營造良好的讀書氛圍；而且必須先從他最喜歡的書開始閱讀，才能激發孩子的讀書興趣。

根據研究，最受小朋友喜愛的書，就是「故事書」。而且，孩子需要聽過一千個故事後，才能學會自己看書；換句話說，孩子在上學後才開始閱讀便已嫌遲。

美國前總統柯林頓和夫人希拉蕊，每天在孩子睡覺前，一定會輪流

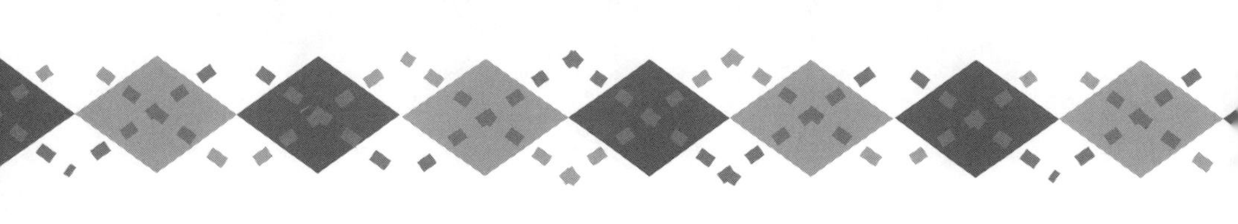

摟著孩子，為孩子讀故事，享受親子一起讀書的樂趣。他們說，他們從小就聽父母說故事、讀故事，那些故事不但有趣，而且很有意義；所以，他們從故事裡得到許多啟發。

希拉蕊更進而發起一項全國性的運動，呼籲全美的小兒科醫生，在給兒童的處方中，建議父母「每天為孩子讀故事」。

為了孩子能夠健康、快樂成長，世界上許多國家領袖，也都熱中於「為孩子說故事」。

其實，自有人類語言產生後，就有「故事」流傳，述說著人類的經驗和歷史。

故事反映生活，提供無限的思考空間；對於生活經驗有限的小朋友

而言，通過故事可以豐富他們的生活體驗。一則一則故事的累積就是生活智慧的累積，可以幫助孩子對生活經驗進行整理和反省。

透過他人及不同世界的故事，還可以幫助孩子瞭解自己、瞭解世界以及個人與世界之間的關係，更進一步去思索「我是誰」以及生命中各種事物的意義所在。

所以，有故事伴隨長大的孩子，想像力豐富，親子關係良好，比較懂得獨立思考，不易受外在環境的不良影響。

許許多多例證和科學研究，都肯定故事對於孩子的心智成長、語言發展和人際關係，具有既深且廣的正面影響。

為了讓現代的父母，在忙碌之餘，也能夠輕鬆與孩子們分享故事，

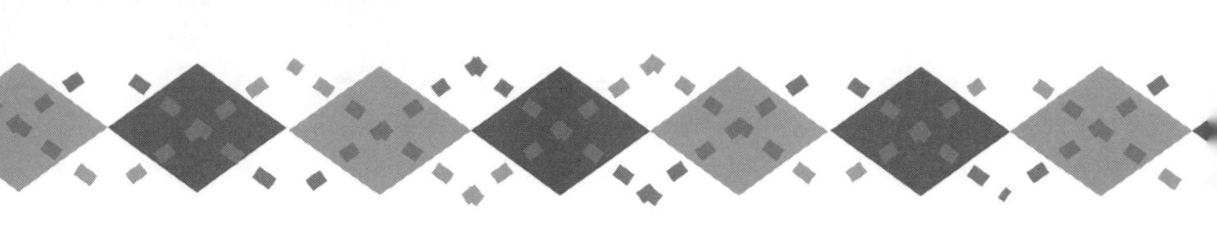

我們特別編撰了「故事home」一系列有意義的小故事；其中有生活的真實故事，也有寓言故事；有感性，也有知性。預計每兩個月出版一本，希望孩子們能夠藉著聆聽父母的分享或自己閱讀，感受不同的生命經驗。

從現在開始，只要您堅持每天不管多忙，都要撥出十五分鐘，摟著孩子，為孩子讀一個故事，或是和孩子一起閱讀、一起討論，孩子就會不知不覺走入書的世界，探索書中的寶藏。

親愛的家長，孩子的成長不能等待；在孩子的生命成長歷程中，如果有某一階段，父母來不及參與，它將永遠留白，造成人生的些許遺憾——這決不是您所樂見的。

作者序

童話世界，我嚮往的天堂

◎曾維惠

哲理童話集《想飛的小石頭》，終於插上夢想的翅膀，飛上藍藍的天空，飛過淺淺的海峽，與臺灣的小朋友們見面了。《想飛的小石頭》童話集，精選了我近年來創作的哲理童話，承載著我深夜不曾入夢的靈感，記錄著我心中那美好的夢想，寄予著我對小朋友們的殷切希望。

我時刻感受到生活是那樣的美好，因為我擁有許許多多的朋友，如：童話作家、童話中的主人翁、喜歡讀童話的大朋友小朋友……我經常與這

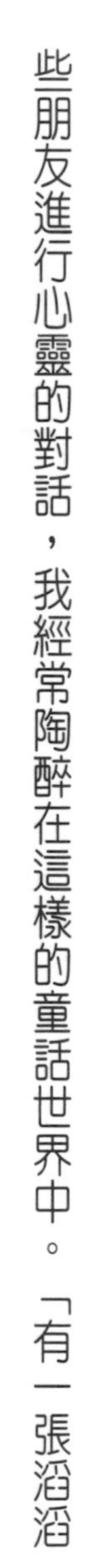

些朋友進行心靈的對話，我經常陶醉在這樣的童話世界中。「有一張滔滔不絕、會教訓人的嘴」的恩師明超先生曾對我說：「希望你能成為中國的第二個童話大王。」雖然，我還算不上童話大王，但是，我依舊快樂地讀童話，快樂地寫童話，我願意和我親愛的朋友們一起快樂地成長！

童話是一首意境悠遠的詩，它抒寫了萬物，抒寫了心靈。《花蝴蝶，蝴蝶花》是一首詩，花蝴蝶的一生，是富有詩意的一生，它的身體雖然離開了這個美麗的世界，但是，它的精神卻像滿山的蝴蝶花，開放在山野，開

放在我們每個人的心裡。這難道不是一首意境悠遠的詩嗎？

童話是一幅美妙絕倫的畫，它繪出了快樂，繪出了幸福。《枯樹爺爺的幸福》是一幅畫，枯樹爺爺敞開胸懷，接納了黃鸝鳥、小松鼠、紫藤蘿……它容納一切可以容納的東西，它描繪出了一幅美妙絕倫的畫卷，它感受著生命中那份寬厚的快樂與幸福。

童話是一支悅耳動聽的歌，它唱響了歲月，唱響了人生。《最漂亮的禮服》是一支動聽的歌，吉吉兔用自己的勤勞、勇敢、善良，唱響如歌的

歲月，唱響了如歌的人生。

有位少兒報刊編輯對我說：「妳是作家，是老師，是媽媽，所以你最有資格寫故事，因為你最瞭解孩子需要什麼……」聽了這樣的話，我豈能再浪費光陰？我豈能再不努力寫出更多更好的童話？

為什麼我的故事那樣多？因為我心裡深愛著孩子！為什麼我的故事那樣逗孩子們喜歡？因為我的故事裡有一個溫馨的世界！為什麼我寫得那樣的執著？因為我嚮往我心中的天堂——美麗的童話世界。

目錄

枯樹爺爺的幸福

「三月裡來三月三，美麗的風箏飛滿天……」

在風箏飛滿天的季節裡，一棵枯樹眼看著萬木復甦、百花爭豔，而自己卻蒼老依舊，不禁流下了渾濁的淚水。他歎息著：「唉！幸福的日子，已離我遠去……」

「樹爺爺，我能在您的樹枝間搭個窩嗎？」一隻黃鸝鳥停在枯樹那光禿禿的枝頭，用清脆的聲音問。

枯樹爺爺用蒼老而無力的聲音回答黃鸝鳥：「搭吧搭

吧，只要你不嫌棄我有枝沒葉。」

「我不會嫌棄您的。」黃鸝鳥準備在枯樹上安家了；他整天飛進又飛出，忙著布置自己的小窩。

「樹爺爺，我這樣沒有吵到您吧？」黃鸝鳥問枯樹爺爺。

枯樹爺爺笑著說：「有你和我作伴，我很快樂呢！」

很快的，黃鸝鳥的家就安好了。

「樹爺爺，我能在您的腰間建個溫暖的小屋嗎？」一隻拖著蓬鬆鬆的長尾巴的小松鼠問。

枯樹爺爺看也沒有看小松鼠一眼，就說：「行行行，打個你喜歡的洞，住進去吧，只要你不嫌棄我沒有綠葉、沒有鮮花。」

「我不會嫌棄您的。」小松鼠準備在枯樹上安家了，他整天「叮噹、叮噹」的敲著樹洞。

「樹爺爺，我這樣整天敲著樹洞，沒有吵到您吧？您不會感到疼吧？」小松鼠問枯樹爺爺。

枯樹爺爺微笑著說：「不吵、不吵！不疼、不疼！有你陪著我，我很快樂呢！」

小松鼠的樹洞很快就打好了。

「樹爺爺，您能讓我的藤蔓順著您的枝幹生長嗎？」一株小小的紫藤蘿，探出腦袋問。

枯樹爺爺看著嫩嫩的紫藤蘿，歎了一口氣，說：「美麗的紫藤蘿，你就在我身上自由的生長吧，如果你不嫌棄我這醜模樣。」

「我不會嫌

棄您的。」紫藤蘿在枯樹上安了家；很快的，紫藤蘿的枝蔓就纏滿了枯樹爺爺的全身。

「樹爺爺，我爬滿了您的全身，您不會生氣吧？」紫藤蘿問。

枯樹爺爺微笑著說：「我哪裡會生氣呀，我很快樂呢！」

轉眼到了四月，枯樹上熱鬧起來了：黃鸝鳥的小寶貝出生了，一天到晚「嘰嘰嘰」的吵個不停。枯樹卻在小傢伙的吵鬧聲中，綻開了笑顏。

「生命原來如此快樂！」枯樹爺爺時常這樣讚歎。

小松鼠時常帶幾個朋友到枯樹下玩耍：蟋蟀來了，會用

他的六弦琴，彈出好聽的曲子；蝴蝶來了，舞動著她那美麗的彩衣，跳出優美的舞蹈。

「生活原來如此多彩！」枯樹爺爺時常這樣讚歎。

紫藤蘿爬滿了枯樹，開出了紫藤蘿花；那一串一串的紫色花穗，像紫色的瀑布，在流動、在歡笑。

「生命原來如此美麗！」枯樹爺爺時常這樣讚歎。

枯樹爺爺有了從未有過的幸福！

高山之所以雄偉，因爲他容納了沙石；大海之所以浩瀚，因爲他接納了百川。枯樹爺爺之所以幸福，因爲他願意讓需要他的黃鸝鳥、小松鼠、紫藤蘿在他的身上安家。

小朋友，讓我們敞開胸懷，容納一切可以容納的東西，感受生命中那分寬厚的幸福。

下一個就是我

小青蛙可可很喜歡跳水這項運動，他每天都要到湖邊去練習跳水。

練習完畢，可可總是坐在荷葉上，自言自語的說：「我要是能參加森林跳水預備隊就好了。」

這一天，認真練習跳水的可可，被跳水預備隊的教練帶回了預備隊。

「孩子們，我們的跳水預備隊，是為森林特級跳水隊培養人才。」教練常常這樣鼓勵小青蛙們說：「只要平時勤學苦練，就一定能進入特級跳水隊，參加森林王國的跳水比賽，取得輝煌的成績！」

聽了教練的話，可可信心百倍。他認真的投入每一次訓練，希望自己能早日進入森林特級跳水隊。

振奮人心的日子終於來了：森林特別跳水隊的教練來選優秀跳水隊員了！但是，儘管可可覺得自己表現得不錯，他還是沒有被選中！看著表現優秀的隊友被帶走，可可傷心的哭了。

「可可，別洩氣，下一個就是你！」教練對可可說。

「對！別洩氣！下一個就是我！」可可記住教練的話，一如既往的努力訓練著。

森林特級跳水隊的教練又來選優秀跳水隊員了！但是，

可可這次還是沒有被選中！

「可可，別洩氣，下一個就是你！」教練還是這樣對可可說。

「對！別洩氣！下一個就是我！」可可還是這樣鼓勵著自己。

在教練說了無數次「下一個就是你」，可可說了無數次

「下一個就是我」之後的某一天，可可終於被森林特級跳水隊的教練選上了！

進入了森林特級跳水隊，因爲可可基本功紮實，平時訓練又特別努力，教練

就推薦他參加第二十五屆森林王國跳水比賽。可是，可可卻以零點一分的差距，沒能登上冠軍寶座！

「下一個就是你！」可可在萬分失望的時刻，又想起了跳水預備隊教練的話。

「下一個就是我！」可可擦乾淚水，重新鼓起勇氣，走向訓練場地。

在第二十六屆森林王國跳水比賽中，可可終於以優異的成績，奪得了冠軍。當喜鵲記者採訪可可的時候，他熱淚盈眶的說：

「我想對所有在人生路上奮鬥的朋友說：當你失敗的時

候，決不要放棄！只要你堅持一下，再堅持一下，『下一個成功的就是你！』

小朋友，讓我們一起牢牢記住：當你失敗的時候，決不要放棄！只要你堅持一下，再堅持一下，下一個成功的就是你！

小松鼠的紅地毯

秋天到了，滿山的楓樹上掛滿了紅彤彤的樹葉，在金黃色的陽光照耀下，顯得格外亮麗。

「夥伴們，我們到地面上去玩吧！」

起風了，紅樹葉們在空中翻著跟斗，像一隻隻紅蝴蝶，在空中

翩翩起舞。

小松鼠從樹洞中鑽出來，看到了這些飄飛的樹葉，高興的說：「啊！多美的紅樹葉呀！要是我能用他們做成一條紅地毯，那該有多美啊！

「嗨！松鼠大哥，我們做朋友，好嗎？」紅樹葉們都熱情的和小松鼠打招呼。

小松鼠撿起一張小小的紅樹葉，悄悄的說：「我想用你們做一張漂亮的紅地毯，可以嗎？」

「紅地毯？我們還可以做紅地毯？」紅樹葉眨著眼睛說：「好啊！這是多美的事呀！」

很快的，這張小小的紅樹葉就把這個消息傳給了所有的紅樹葉。

「好啊好啊！我們就爲小松鼠鋪一條紅地毯吧！」所有的紅樹葉排好了隊，等著小松鼠來用他們做紅地毯。

「做成什麼形狀的地毯好呢？」小松鼠想呀想，他終於想出了一種自己認爲最美麗的圖案——做成一張楓葉形的紅地毯。

當小松鼠把紅樹葉擺成一張漂亮的楓葉形紅地毯的時候，天已經黑了。小松鼠躺在紅地毯上，歡喜的想：「我要讓好多好多夥伴在這上面快樂的玩耍，我要睡在這張紅地毯上，做好多好多美麗的夢！」

「小松鼠，快把我們搬進你的洞裡吧，我們怕風呢！我們怕雨呢！」紅地毯上的紅樹葉們都這麼說。

「不行、不行，我得讓我的夥伴們在地毯上做遊戲、唱歌、跳舞……」小松鼠說。

「呼——啦啦——呼——啦啦——」

小松鼠的話剛說完，就起風了。小松鼠的紅地毯，又變成了一隻隻的紅蝴蝶，飛走了……

「我那漂亮的紅地毯，就這樣沒有了？我那些美麗的夢，就這樣飛走了？」小松鼠傷心的哭泣著。

「唰——唰——唰——」在秋風中，松樹上的松針，一根一根的向下掉。

小松鼠撿起一根松針，傷心的說：「小松針呀小松針，我多麼想念我的紅地毯呀！」

「松鼠大哥，你可以用我們串起那些紅樹葉呀！這樣一來，風兒就不會把他們吹走了。」小松針尖聲尖氣的說。

聽了小松針的話，小松鼠樂得合不攏嘴。他在秋風中大喊：「紅樹葉啊，你們回來吧！再來讓我做一條紅地毯吧！」

紅樹葉們聽到了小松鼠的呼喚，在秋風中，他們又跳著舞，回到了小松鼠的身邊。

小松鼠用一根一根的松針，把紅樹葉兒一張一張的縫上。

天亮了，小松鼠終於做好了一張好大好大的紅地毯。

「夥伴們，快來呀！快到我的紅地毯上來玩遊戲呀！」小松鼠爬上一棵松樹的最頂端，大聲吆喝著。

不一會兒，灰兔妹妹來了，山雞大姊來了，猴子哥哥來了……好多好多的小夥伴，一起在紅地毯上唱歌、跳舞、玩遊戲……

「呼——啦啦——」又起風了。

「別怕別怕，用松針縫著，吹不走的。」小松鼠高興的說。

「呼——啦啦——」風不停吹著。

在秋風中，載著小松鼠、灰兔妹妹、山雞大姊等夥伴的紅地毯飛起來了。

「啊！我摸著白雲了！」

「哇！我看見銀河了！」

紅地毯越飛越高，越飛越遠，向遙遠的童話王國飛去。

當你快樂的時候，把快樂分給你的朋友，這世界就多了一分快樂。

故事中的小松鼠，他把紅地毯上的快樂，分給了好多好多的小夥伴。小朋友，你也願意把你的快樂與夥伴們一起分享嗎？

小海螺

美麗的小海螺生活在一望無際的大海裡。「寶寶啊寶寶，當你遇上敵人的時候，把頭縮進殼裡就安全了。」當海螺還很小很小的時候，海螺媽媽就這樣對他說。

小海螺因爲有了個堅硬的外殼，可神氣了。他常向同伴們吹噓：「瞧我這鎧甲，多堅硬！只要我不把頭伸出來，誰也甭想傷害我！」

「叮咚——」

一聽到響聲，小海螺便趕緊把頭縮進殼裡去了。

「救命呀！救命呀！」是鰻魚妹妹的聲音。

過了好一會兒，四周都安靜

了，小海螺才探出小腦袋，四處瞧了瞧，捂著嘴偷笑著說：「幸好我把腦袋藏了起來，不然的話，可能已經成了別人的美味了！」

從此以後，只要聽到什麼聲響，小海螺就會立即把頭縮進殼裡，一動也不動的等著危險過去。

「叮咚——」

又有了響聲！小海螺和往常一樣，又把頭縮進殼裡。他得意的想著：「讓那些沒有殼的傢伙，成爲人家的盤中餐吧！哈哈哈！」

小海螺進入了甜甜的夢鄉，他夢見自己看見了藍天，看見了白雲，看見了可愛的哈巴狗……

「這一覺可睡得眞舒服呀！咦？這是什麼地方？」小海螺醒了，他探出小腦袋，看著眼前這個陌生的世界：這是一個海鮮店，小海螺被擺放在玻璃缸裡，玻璃缸上貼著「三十元」的標籤。只聽店裡的老闆正在叫賣：「海螺！剛出海的海螺！三十元不貴喲！」

「天啊！我以爲把頭縮進殼裡就安全了，沒想到卻落得被拍賣的下場！」小海螺歎息著。

「媽媽，快看！多漂亮的海螺呀！我要把他買回家！」一個小姑娘的聲音，嚇壞了小海螺。

小姑娘把小海螺帶回家，養在一個小玻璃缸裡。家裡養的那隻貓咪來到玻璃缸前，伸出小爪子，張牙舞爪的說：

「當小主人不在的時候，我會把你撈出來，吃掉你的肉，然後再把你的殼當成號角來吹。哈哈哈！」

「嗚——嗚——」

小海螺傷心的哭了起來。

小姑娘聽到小海螺發出了聲音，飛快的跑過來，驚訝的問：「咦？這小海螺是在唱歌，還是在哭泣呢？」

「我要回家！」小海螺放聲大哭，「姊姊，您就把我放回大海去吧！都怪我老是把頭縮進殼裡！」

小海螺向小姑娘說起了自己的故事。

「小海螺，你怎麼可以老是把頭縮進殼裡呢？」小姑娘說：「如果遇上了危險，你是看不到的呀！」

小海螺想了想，說：「對呀！如果我當時不把頭縮進殼裡，我就能看到外面的情況，也許就不會被弄到海鮮店裡去了。」

在小姑娘的幫助下，小海螺又回到了蔚藍無邊的大海裡。

小朋友，當我們遇上敵人的時候，固然應該自我保護，但如果一味的埋頭躲藏，而不主動的面對危機，我們將永遠不知道該如何去解決問題。

天使與惡魔

善良美麗的天使來到銀河邊上，她要渡過銀河，到遙遠的天邊，去取回那顆能讓整個世界充滿歡樂的寶珠。

這時候，面目猙獰的惡魔也來到了銀河邊上，他也要渡過銀河，到遙遠的天邊，去取回那根能讓整個世界變成黑暗的魔杖。

銀河邊上只有一艘月亮船。這是一艘有著奇特功能的月亮船：只有坐上它，才能渡過銀河。到了銀河對岸，它會讓坐船人長出美麗而健壯的翅膀，飛到自己想去的地方。

天使溫柔的說：「讓我坐月亮船吧，我會帶給世界歡樂。」

惡魔咬牙切齒的說：「我要坐月亮船！只有世界

變成一片黑暗，才能變成我們魔界的天下。」

正當天使和惡魔爭執不下的時候，月亮船說話了：「你們都別爭了，要想坐上我，必須帶兩樣東西來見我：桂花樹下老婆婆的七彩繡花針、幸運草精靈的紫色水晶鞋。有了這兩樣東西，我才能安全的渡過銀河。誰得到這兩樣東西，我就送誰過去。」

天使和惡魔便分頭去找七彩繡花針和紫色水晶鞋。

惡魔跑得比天使快，他領先一步找到了桂樹下有七彩繡花針的老婆婆。老婆婆哼著小曲兒，七彩繡花針在錦緞上跳舞。

「喂！妳這個又老又醜的老太婆，快把你的七彩繡花針拿給我！不然，我讓你知道我的厲害！」惡魔衝著老婆婆大喊。

老婆婆頭也不抬的說：「哪兒來的無禮之徒呀？趕緊拜師學藝，先學禮貌待人！」

聽了老婆婆的話，惡魔暴跳如雷，他一個箭步衝上去，想要搶走老婆婆手裡的繡花針。可是，一眨眼功夫，老婆婆就隱進了桂花樹裡不見了。

惡魔只能低聲咒罵的離開了。

這時，天使正好也來到了桂花樹下，老婆婆仍是哼著小曲兒，七彩繡花針在錦緞上跳舞。

天使輕輕的來到老婆婆身邊，很溫柔的說：「老婆婆，我想向您要一樣東西，它能讓世界變

成歡樂的海洋，您願意嗎？」

老婆婆笑咪咪的看著天使，說：「孩子，你要什麼呢？我會盡力幫助你的。」

「老婆婆，我要您的七彩繡花針，您願意給我嗎？」天使微笑著說。

老婆婆把七彩繡花針放到天使的手中，說：「拿去吧，孩子，讓世界早日變成歡樂的海洋！」

天使告別了老婆婆，尋找紫色水晶鞋去了。

惡魔沒有得到七彩繡花針，便來到林子裡轉轉，他希望能找到幸運草精靈。

惡魔逮住一隻小松鼠，說：「快告訴我，幸運草精靈在哪裡？不然，我掐斷你的尾巴！」

「我……我……我去幫你找……」小松鼠掙脫了惡魔的手，靈巧的在林間穿行。

小松鼠邊跑邊喊：「大家快躲起來呀！惡魔來了！幸運草精靈，你快躲起來呀，惡魔來了！」

聽到小松鼠的呼喊，小白兔躲進了蘑菇屋裡，梅花鹿躲進了岩洞裡……正在花瓣兒上跳舞的幸運草精靈，也趕緊藏到了一個小花苞裡。

惡魔找不到幸運草精靈，氣呼呼的說：「找不到也不要緊，我就再去威嚇一下銀河邊的月亮船，逼他帶我過河去！」惡魔離開了林子。

天使來到了林子裡。整個林子都靜悄悄的，天使感到很奇怪，她輕聲的呼喚著：「我親愛的朋友們，你們都躲到哪兒去了？」

聽到了天使的聲音，小松鼠出來了，梅花鹿出來了……幸運草精靈也出來了。

天使把幸運草精靈捧在掌心，說：「精靈，我想向您要一樣東西，它能讓世界變成歡樂的海洋，您願意嗎？」

幸運草精靈邊跳舞邊說：「讓世界變成歡樂的海洋，是

一件多麼美好的事情啊！你要什麼就說吧！」

「我要您的紫色水晶鞋，您願意給我嗎？」天使微笑著說。

幸運草精靈從腳上取下紫色水晶鞋，放在天使的掌心，說：「拿去吧，讓世界早日變成歡樂的海洋！」

天使告別了幸運草精靈，來到銀河邊上的時候，看見惡魔正在和月亮船爭吵：

「你再不載我過河，我會對你施魔法的！」惡魔張開了血盆大口。

月亮船說：「任何魔法對我都不起作用，我只認桂花樹下老婆婆的七彩繡花針和幸運草精靈的紫色水晶鞋。」

天使拿出七彩繡花針和紫色水晶鞋，坐上了月亮船，向銀河對岸駛去……

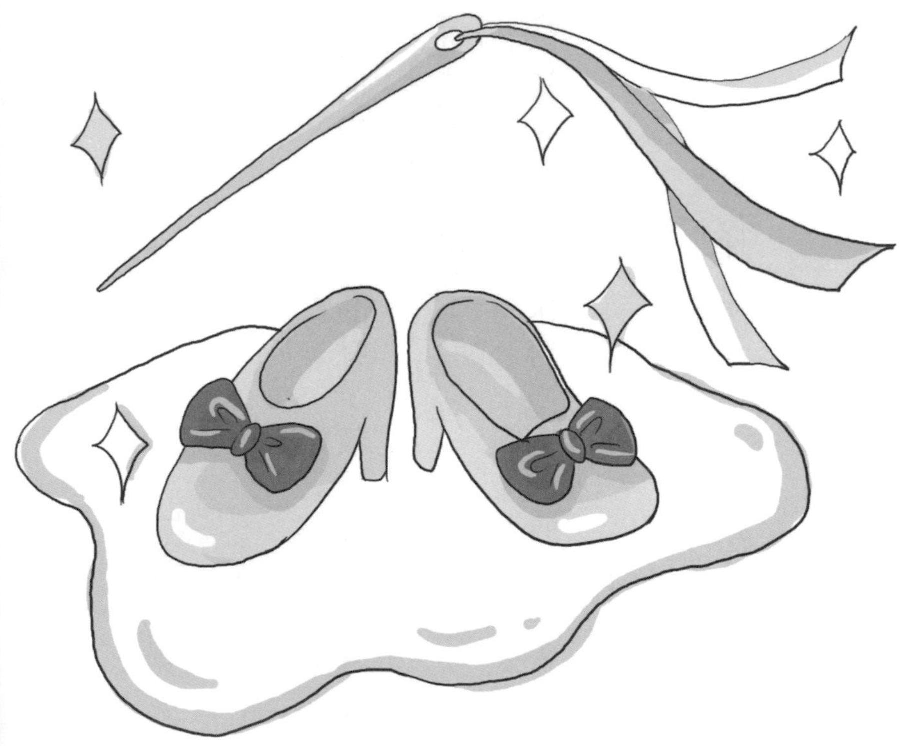

給小朋友的貼心話

小朋友們，當你需要向別人借東西的時候，用上「您、請、謝謝、對不起」等禮貌用語了嗎？

這一則故事，不但告訴我們要禮貌待人，還告訴我們禮貌勝過武力，光明總會照亮黑暗的。

卡卡、火火和豆豆

外星人卡卡和火火不停的擦著臉上的汗滴。

「熱得教人受不了，我們該去哪兒乘涼呢？」

「到人類那兒去吧，聽說有冷飲吃。」

卡卡和火火來到了豆豆家。

豆豆家有一個大大的冰箱，裡面裝滿了各種味道的冰淇淋，有薄荷味兒、檸檬味兒、巧克力味兒、牛奶味兒、鳳梨味兒……

「卡卡，我們怎麼樣才能吃到冰淇淋呢？」火火問卡卡。

「沒問題！等到豆豆開冰箱的時候，我們就縮成小人兒，蹦進冰箱裡，吃個夠！」卡卡說完，和火火一起笑得直不起腰。他們躲在冰箱與牆的縫隙裡，盼望著豆豆的到來。

「熱死了、熱死了……」豆豆嚷嚷著向冰箱走來，打開了冰箱……

「一、二，蹦——」卡卡和火火趁豆豆還在挑選冰淇淋，一下子就蹦進了冰箱。

豆豆拿出一盒鳳梨味兒的冰淇淋，關上了冰箱的門。

「哈哈，地球人還眞會享受啊，連冰淇淋也有這麼多種口味。」

「終於可以吃個痛快了！」

「卡卡，你喜歡什麼口味？我先吃一盒薄荷的。」

「火火，我正在吃牛奶口味的呢，味道挺香甜的。」

……

卡卡和火火在冰箱裡的冰淇淋中跳來跳去，好不快樂！

「不好了！火火，快來救救我！」卡卡掉進吃了一半的冰淇淋盒子裡了。

火火聽到呼救，急忙趕過去，想救出卡卡。可是，倒楣的事情，偏偏在這個時候發生了：火火也掉進冰淇淋盒子裡去了！

卡卡和火火在盒子裡掙扎著。

「火火，我的腿已經凍僵了！」

「卡卡，我的雙手已經不能動彈了！」

才過一會兒，卡卡和火火都被凍得不能說話了。

「熱死了、熱死了……」豆豆又打開了冰箱，拿出了一盒牛奶口味的冰淇淋。哎呀！正是卡卡和火火掉進去的那一盒！

豆豆拿出冰淇淋，看也沒看一眼，狼吞虎嚥的就把冰淇淋吃完了。卡卡和火火來到了豆豆的胃裡。

豆豆的胃看見進來了兩個陌生人，驚奇的問道：「嗨！我是胃！你們是哪裡的朋友？怎麼到這裡來了？」

卡卡說：「胃大哥啊，我叫卡卡，我們掉進了豆豆的冰淇淋裡，被豆豆給吞進來了。」

火火說：「胃大哥啊，我叫火火，我們因爲貪吃冰淇淋，才落得這樣的下場。」

胃大哥說：「小夥子，冰品吃多了，害處可大了，千萬不可貪吃啊！」

「冰淇淋香呢！」卡卡說。

「冰淇淋甜呢！」火火說。

「唉！」胃大哥歎了口氣，說：「豆豆最愛在飯前、飯後吃冰了，這給我們腸胃家族帶來多少災難啊！」

卡卡不解的問：「飯前飯後吃冰品，有什麼害處嗎？」

胃大哥說：「飯前吃冰品，由於冷的刺激造成胃腸毛細血管收縮，影響消化功能，豆豆吃了飯，我就脹得疼啊！另外，冰淇淋中含有大量蔗糖、牛奶，少量奶油和水，製作中還加有澱粉等；飯前吃冰淇淋使血糖增高，食欲則下降；飯後吃冰淇淋，使胃部擴張的血管收縮，減少血流，妨礙了正常的消化過程。冷刺激使胃腸道蠕動加快，減少了營養物質在腸道中的吸收。因此，冰品不能吃得過多，更不宜在飯前、飯後食用！」

「天啊！」火火尖叫起來，「我剛才吃了那麼多冰淇淋，那我肚子裡的那個胃小弟，是不是也在叫苦了？」

「胃大哥，你的話我們都記住了。」卡卡說：「你還是想個辦法，讓我們出去吧！」

「唉！我又開始感覺頭暈腦脹。這時候，豆豆一定有想吐的感覺，你們很快就能出去了……」胃大哥傷心的說。

沒多久，胃大哥一陣緊縮，卡卡和火火就被擠了出去。

「豆豆，你怎麼了？」豆豆媽媽心疼的擦著豆豆額上的冷汗。

「媽媽，我肚子疼……」豆豆哭著說。

當豆豆媽媽帶著豆豆從醫院回來的時候，看到冰箱上貼著一行字：美食能適量，美味又健康！

「咦，這是誰寫的字呢？」豆豆摸著腦袋納悶兒。

這時，留言提醒豆豆的卡卡及火火，正從遙遠的太空祝福著豆豆呢！

給小朋友的貼心話

小朋友，在炎熱的夏天，你也很喜歡吃冰吧？而且常常一下子就吃了好多，還老是覺得吃不夠，是吧？

讀了這個故事，你明白了些什麼？你明白多吃冰品對腸胃帶來的災難了嗎？記住：冰品不能吃得太多，更不宜在飯前、飯後食用。

幸運草開花了

生意盎然的春天，漸漸的離開了。當春姑娘向娜娜說再見的時候，她送給娜娜一株四葉幸運草。

「這是一株幸運草，她的第一片葉子代表『眞愛』，第二片葉子代表『健康』，第三片葉子代表『名譽』，第四片葉子代表『財富』。如果你能讓她開花，她就可以實現你所有的願望。」春姑娘對娜娜說。

娜娜把幸運草種在窗台上。夜裡，下了一場小雨。清晨，柔和的陽光灑在幸運草上，草葉兒綠得發亮，彷彿在說：

「我要開花！我要開花！」

「幸運草啊幸運草，你快快開花吧！我要把眞愛送給我親愛

的媽媽。」清晨，娜娜對幸運草說。

「幸運草啊幸運草，你快快開花吧！我要把健康送給我親愛的媽媽。」中午，娜娜對幸運草說。

「幸運草啊幸運草，你快快開花吧！我要把名譽送給我親愛的媽媽。」傍晚，娜娜對幸運草說。

「幸運草啊幸運草，你快快開花吧！我要把財富送給我親愛的媽媽。」在甜美的夢中，娜娜對幸運草說。

「幸運草開花了！幸運草開花了！」第二天，當清晨的第一縷陽光吻醒娜娜的時候，她驚喜的看到：傳說中不會開花的幸運草開花了！那淺紫色的花瓣兒上，彷彿洋溢著幸福的微笑，又好像在向全世界宣布：「我開花了！我開花了！我將把幸福帶到人間！」

「多麼美麗的紫色花兒呀！」娜娜驚歎著：「春姑娘說，你可以幫我實現願望，是嗎？」

「可愛的小女孩，你的願望是什麼呀？」紫色花兒微笑著問。

娜娜想了想，說：「我想變成一個會隱形的精靈，一直跟在媽媽的身邊，讓她看不到我。」

媽媽在菜園裡鋤草，汗水濕了衣衫。

「媽媽，您喝杯水吧！」一個熟悉的聲音在媽媽的身後響起。媽媽扭過頭，看見一杯熱氣騰騰的開水，卻不見人影。

媽媽笑著問：「孩子，你在哪裡？」

「呵呵！媽媽，我在您的身邊呢！」一個聲音在空中響起。

媽媽在池塘邊洗衣服，額頭上流著汗水。

「媽媽，我給您擦擦汗。」媽媽感覺彷彿有一隻小手在她

的臉上拂過，可是當她扭過頭，卻什麼也沒有看到。

媽媽笑著問：「孩子，你在哪裡？」

「呵呵！媽媽，我在您的身邊呢！」一個聲音在空中響起。

「媽媽，祝您母

親節快樂！」母親節那天，媽媽剛起床，她窗前的花瓶裡，多了一束康乃馨。

「孩子，你怎麼老是和我捉迷藏呢？」媽媽假裝生氣的笑問。

「媽媽，我永遠都在您的心裡！」一個歡快的聲音在空中響起。

給小朋友的貼心話

媽媽生了我們、養了我們，爲了我們的成長，媽媽傾注了所有的心血，用她的青春，換來了我們的幸福。

小朋友，我們要懷著一顆感恩的心，感謝媽媽，爲媽媽做自己能力所及的事情，讓媽媽的臉上，永遠洋溢著幸福的微笑。

光頭小狒狒

哈利和瑪麗是一對狒狒夫妻。當瑪麗懷著他們的小寶寶的時候，他們總是激動的說：「我們的小寶貝，一定是世界上最漂亮、最可愛的寶寶。」

在哈利和瑪麗的期盼下，他們的寶寶出生了。哈利和瑪麗給小狒狒取了個好聽的名字，叫愛麗斯。

「哈利先生，恭喜您！您的寶寶真漂亮，她的毛是那麼濃密，她的眼睛是那麼的明亮……」鄰居羊大嬸說。

「是啊，你們的寶寶長得和瑪麗一樣美麗，將來一定會成爲狒狒王國的王后。」鄰居狗大姊說。

聽了鄰居的讚美，哈利和瑪麗眞是樂得合不攏嘴。

「親愛的瑪麗，謝謝妳爲我生了一個這麼可愛的寶貝。」哈利說完，就用舌頭舔了舔女兒的頭。

「我會好好的愛她、照顧她，讓她成爲我們狒狒王國的王后。」瑪麗說完，也用舌頭去舔了舔女兒的頭。

就這樣，每當哈利和瑪麗一有空，就用他們的舌頭舔舐著愛麗斯的頭和臉，以表達對愛麗斯的愛。

愛麗斯慢慢長大，須要開始學習獨自生活的能力了。可是，每當愛麗斯想和夥伴們一起出去尋找食物的時候，哈利爸爸總是說：「愛麗斯，妳不能去，會摔傷的。爸爸會找好多好吃的東西給妳吃。」說完後，他總是把愛麗斯摟在懷裡，不停的舔著她的頭。

每當愛麗斯想和夥伴們一起出去玩耍的時候，瑪麗

媽媽總是趕緊把愛麗斯摟進懷裡，邊舔著它的頭邊說：「寶貝兒，妳不能出去玩，那樣會弄髒妳的皮毛的。待在家裡，有媽媽陪著妳玩。」

日子一天天過去，別的夥伴都能自己尋找食物了，而愛麗斯卻什麼也不會，只能靠爸爸媽媽帶回來的食物生活。

最讓哈利和瑪麗傷心的是，他們心目中美麗的愛麗斯，臉上和頭上的毛一點點的脫落，成了小光頭。

「我們的女兒成了這個樣子，還能做王后嗎？」看著寶貝女兒成了小光頭，哈利和瑪麗都非常傷心。

哈利和瑪麗把愛麗斯帶到了狒狒醫生阿波特那裡。

「阿波特醫生，我們的寶貝女兒怎麼成了光頭了？」

阿波特醫生向哈利和瑪麗詢問了一些情況，對他們一家的日常生活有所瞭解後，語重心長的說：「你們每天用舌頭舔舐著她的頭部，造成了她的毛髮嚴重脫落。是你們的溺愛害了女兒啊！」

小朋友，受到父母過度寵愛的孩子，往往被照顧得無微不至，難免疏於教導和學習；因此，養成孩子只想獲得，不肯付出、不願分享的自私心態；甚至不能面對困難與挫折。

小朋友，如果你也是受到父母百般呵護的孩子，現在請你也去愛你的父母，學習付出愛心、關懷別人、原諒別人，一定會有意想不到的改變和成長呵！

有陽光就夠了

一陣秋風吹過，一粒種子掉進了石縫中。種子睜開眼睛，看到四周全是石頭，她傷心的說：「老天啊，這樣艱苦的環境，我怎麼生活呀？上帝啊，把幸福賜給我吧！」

一隻小鳥正巧停在種子身旁的石頭上，他說：「種子啊，不要傷心，不要害怕，有陽光就夠了！」「是啊，有陽光就夠了！」種子自言自語的說。種子微笑著，她彷彿看到自己在陽光中發出了新芽……

春天來了，一株嫩芽偷偷的探出腦袋，欣喜的望著這個美麗的世界。突然，一隻可惡的大青蟲，「喀滋喀滋……」幾口就吃掉了新芽那還沒來得及伸展開來的葉芽。

光禿禿的新芽傷心的哭了：「老天啊，我的命運怎麼會這樣悲慘呢？上帝啊，把幸福賜給我吧！」

一隻梅花鹿正巧從禿芽身邊經過，他說：「新芽妹妹，不要傷心，不要歎息，有陽光就夠了！」

「是啊，有陽光就夠了！」新芽自言自語的說。新芽微笑著，她彷彿看到自己在陽光下，長出了好多綠綠的葉子，長成了參天大樹……

夏天到了，大樹枝頭的花兒謝了，結出了好多好多的果子。小果子探出小腦袋，看著這個新奇的世界。

「啊！沒有誰和我作伴，沒有誰幫我成長，又有狂風暴雨的襲擊，我能長成一個成熟的果子嗎？上帝啊，把幸福賜給我吧！」小果子問天上的流雲。

天上的流雲說：「小果子，不要傷心，不要害怕，有陽

光就夠了。」

「是啊，有陽光就夠了！」小果子憧憬著，她彷彿看到了陽光，看到了陽光灑在自己身上，自己就在陽光中成長。

秋風習習，秋霜重重，山坡上的野菊花在風中搖曳。

「啊！親愛的大地媽媽，這樣蕭瑟的秋風，這樣重的霜寒，我能挺過這個秋天嗎？上帝啊，把幸福賜給我吧！」野菊花傷心的呼喊著。

大地媽媽說：「小菊花，不要哀怨，不要憂傷，有陽光就夠了。」

「是啊，有陽光就夠了！」野菊花說：「讓心中的那縷陽

光照亮自己，頂過了秋霜，我就是生活的強者了。」

寒風呼呼的刮，大雪紛紛落下，鳥兒歸了巢，松鼠進了洞……只剩下那棵枯樹在寒風中哭泣：「老天啊，這就是我最終的歸宿嗎？上帝啊，把幸福賜給我吧！」

一個強有力的聲音在空中響起：「不要祈求上帝賜給你多少幸福；上帝給每個人最寶貴的東西，就是那縷永遠明亮而溫暖的陽光。記住：有陽光就夠了！」

「是啊，有陽光就夠了！」枯樹自言自語的說。枯樹微笑著，她彷彿看到一縷縷陽光照在自己的身上，她的心變得溫暖而明亮，她彷彿看到了希望……

是什麼讓人們在逆境中能夠勇敢的走下去？是心中的那一縷陽光，那一縷希望之光。

小朋友，我們都要心懷陽光，懷著希望，信心百倍的迎接生活中的每一天呵！

自私的花精靈

花精靈擁有一座非常漂亮的大花園，一年四季，百花盛開；蜜蜂在花園裡歡唱，蝴蝶在花園裡舞蹈，鳥兒也在花園裡嘰嘰喳喳的講著好聽的故事……

「哼！我的花園爲什麼會開出七彩的花兒？那些顏色，可是我歷盡了千辛萬苦，從太陽島上尋來的！我怎麼可以讓他

們白白的享受？」花精靈從他的花房裡探出腦袋，看著快樂的蜜蜂、蝴蝶還有鳥兒們，感到非常生氣。

於是，花精靈就把紅、橙、黃、綠、藍、靛、紫等顏色都收進了他的花房；他得意的想：「以後，誰也別想再白白的享受我的這些顏色。」

伴著小黃鶯的歌唱，春天來了。花精靈的大花園裡，傳來了好多憤怒的聲音：

「沒有了綠色，我們不能抽出新芽。」花樹們說。

「沒有了黃色，我怎麼開花呀？」迎春花說。

「我需要的紅色到哪裡去了？」杜鵑花說。

日子一天一天的過去了，花精靈的大花園裡，沒有一朵花兒開放。

成群的小蜜蜂提著蜜桶飛來了；可是，他們沒有看到鮮花，只好失望的離開了。

成群的蝴蝶來到大花園，準備在百花叢中展示一下自己優美的起

舞姿態；可是，他們沒有看到鮮花，也失望的飛走了。

成群的小鳥兒飛進大花園，原本是想來聽聽蜜蜂唱歌、看看蝴蝶跳舞，想來講講自己在山林裡聽來的新鮮事；可是，它們看見這大花園裡既沒有鮮花，也沒有蜜蜂和蝴蝶，也失望的飛走了。

花精靈的大花園裡，沒有一朵盛開的鮮花，誰也不願意來這裡玩耍。花精靈寂寞極了，他傷心的說：「是不是我太自私了？我應該把這些顏色拿出去，和朋友們一同分享呀！」

於是，花精靈又把紅、橙、黃、綠、藍、靛、紫等顏色，放進大花園裡。一瞬間，山茶花開了、杜鵑花、鬱金香

都開了……紅的花兒、黃的花兒、藍的花兒……全都綻開了！

一隻從空中飛過的百靈鳥兒，看見花精靈的大花園裡開滿了鮮花，他飛快的把這個消息傳遍了整個世界——蜜蜂來了、蝴蝶來了、鳥兒來了……

於是，花精靈的大花園裡，又有蜜蜂在歡唱，蝴蝶在舞蹈，鳥兒在嘰嘰喳喳的講著好聽的故事……

給小朋友的貼心話

小朋友，當你有了好玩的玩具的時候，你願意拿出來和朋友們一起分享嗎？當你有了一本好書的時候，你願意拿出來和朋友一起閱讀嗎？

你可曾想過，你和朋友都拿出好玩的玩具，你們就擁有了兩種玩具；你和朋友各自拿出一本好書，你們就擁有了兩本好書。把你的東西拿出來，和朋友們一起分享，你會得到加倍的快樂。

串串幸運星

女孩兒喜歡雨，她的名字也叫小雨兒。

小雨兒的眼睛看不見，她看不到雨，只能聽著雨敲打著窗櫺的「滴答、滴答」聲。

每當下雨的時候，小雨兒就會在窗前，數著那清脆的「滴答」

聲：「一、二、三……」這時候，小雨兒會對自己說：「媽媽活著的時候告訴我，數到九千九百九十九的時候，我的願望就能實現！」

可是，小雨兒常常數不到一千，就靠著窗台沉沉的睡去了。當小雨兒醒來的時候，雨，已經停了。小雨兒就歎息著：「什麼時候，我才能數到九千九百九十九呀？什麼時候，我才能實現自己的願望呢？」

這一天，又下雨了；長著翅膀的雨精靈，來到了小雨兒的窗前，它聽到了小雨兒柔弱的聲音：「一、二、三……我一定要數到九千九百九十九……」

雨精靈拍拍美麗的翅膀，那一滴滴小雨點兒，就變成了一顆顆五彩的幸運星，一串串的掛在小雨兒的窗前。

一陣風吹來，幸運星相互碰撞，唱出只有小雨兒才能聽懂的歌謠：「小雨兒啊你別傷心，向幸運星許下你的心願，你能聽到蟋蟀彈琴，你能看到滿天繁星……」

小雨兒輕聲的念著：「幸運星啊幸運星，為窗外那隻小鳥找到媽媽吧！它整天傷心的哭泣著。」

幸運星唱起了動聽的歌

謠：「我們會爲小鳥找到媽媽！小雨兒啊，你還有什麼願望？」

小雨兒輕聲說：「給牆角那隻斷了腿的螞蟻一對翅膀吧！它說它想翻過對面的山坡，去看看山那邊的世界。」

幸運星唱起了動聽的歌謠：「我們會給螞蟻一對翅膀！小雨兒啊，你沒有屬於自己的願望嗎？」

小雨兒輕聲說：「小鳥的願望就是我的願望，小螞蟻的願望也是我的願望；只要它們的願望實現了，我的願望就實現了！」

小雨兒的願望，感動著串串幸運星。幸運星中最美麗、最明亮的那兩顆，離開那成串的幸運星，飛到了小雨兒的眼睛裡——小雨兒擁有了一雙漂亮的大眼睛！

小朋友，美好的願望，並不一定是爲自己而許下的，正如故事中的小雨兒所說的：「小鳥的願望就是我的願望，小螞蟻的願望也是我的願望。只要它們的願望實現了，我的願望就實現了！」

原本最需要得到光明的小雨兒，卻爲別人許下了美好的願望，難道還不足以感動那些幸運星嗎？

我也做了一回魔鬼

「媽媽，我要出去玩一會兒！整天待在屋子裡，多悶呀！」香香豬嘟著圓圓的小嘴兒對豬媽媽說。

豬媽媽指著香香豬的鼻子說：「別出去！小心遇上魔鬼，把你烤成炭燒豬吃

掉。」

可是，外面的世界多美妙呀，香香豬想出去玩呢！趁豬媽媽不注意，香香豬撒腿就跑，跑到一片林子裡才停了下來。忽然，香香豬聽到「嚓嚓嚓——」的響聲；他順著發出響聲的地方看去，只見一棵大樹後面，有一條大尾巴一搖一晃的。

「天啊！是不是媽媽說的魔鬼出現了？」香香豬嚇出了一身冷汗；「要是被魔鬼捉去，烤成炭燒豬，再被一塊一塊的吃掉，多難受呀！」

香香豬兩腿直打哆嗦，簡直邁不開步，又害怕魔鬼鑽出來，他嚇得直哭：「媽媽！媽媽！快來救我呀，我遇上魔鬼了！」

「香香、香香，你怎麼了？」豬媽媽趕來了，只見一條大尾巴也匆忙的離去；豬媽媽的叫聲，似乎嚇跑了那

隻「露出尾巴的魔鬼」。

「啊？原來是隻小松鼠！」看清大尾巴的眞面目，香香豬撇了撇嘴巴。

回到家裡，豬媽媽對香香豬說：「看你嚇成這模樣，不要再出去了；如果眞遇上魔鬼，一定把你弄去烤著吃。」

可是，香香豬一心想著到外面的世界去玩耍呢！它趁著豬媽媽種地的時候，又一溜煙的跑了出去。

香香豬在林子裡撿到一頂破草帽。他把破草帽戴在頭上，神氣的對自己說：「呵！我一身黑裝，加上圓圓的大肚子，再佩上這頂草帽，不就像卡通畫裡的海盜了嗎？」

「窸窣——窸窣——」又一陣聲音在不遠處響起。香香豬的四條小腿，又在發抖了。

「香香、香香，不要怕！不要怕！」香香豬不斷的給自己壯膽：「我是江洋大盜，我什麼也不怕！」

「啊——媽媽，快來呀，我遇上魔鬼了！」只見一隻小白兔邊跑邊喊：「我遇上魔鬼了！」

原來，剛才弄出「窸窣——窸窣——」響聲的，是一隻小白兔。

「哈哈哈，沒想到，我也做了一回魔鬼！」香香豬笑得直不起腰，樂得在地上不停打滾。

有人說：「世上沒有鬼，如果眞有鬼的話，那是你的心裡有鬼。」小香豬看到一條大尾巴的時候，沒有仔細觀察、認眞分析，而誤認爲那就是魔鬼，結果虛驚一場；小白兔也犯了和香香豬同樣的毛病。

所以，我們不管遇到什麼事情，都要仔細觀察、認眞分析，不要魯莽行事。

杜鵑花為什麼這樣紅

又到了杜鵑花開的季節。滿山的杜鵑花，一簇接一簇，白的像雪，紅的像火，鮮豔奪目。

「媽媽，我們家門前的那一簇杜鵑花，爲什麼紅得格外鮮豔、格外美麗呢？」有一天，一棵小楓樹眨著眼睛，不解的問楓樹媽媽。

「孩子，你不知道，我們家門前那簇杜鵑花呀，本來是白色的……」說著，楓樹媽媽的眼眶裡盈滿了晶瑩的淚水；

「孩子啊，這是一個動人的故事——」

「去年春天，在杜鵑花開得最豔的時節，我們家門前的杜鵑花也開得雪白雪白的。有一天，來了一位年輕漂亮的女子，她來到杜鵑花旁，俯下身子，輕輕的嗅了嗅，用她那好聽的聲音說：『真漂亮，真香，要是他也來看一

看、聞一聞，那該多好啊！』」

「媽媽，漂亮女子說的那個『他』是誰呢？」小楓樹問。

「孩子，當時我想，那個『他』可能是她的好朋友，也有可能是她的孩子或親人。我原本以爲她是來採摘杜鵑花的，可是，她沒有摘杜鵑花。」楓樹媽媽繼續說：「只見她站起身來，四處張望，並自言自語的說：『哪兒才有呢？』聽了她的話，我才知道她是爲了尋找別的東西而來。」

「她要找什麼呢？」小楓樹忍不住又插了一句。

「是啊，我也在想，她在找什麼呢？」楓樹媽媽說：「忽然，她驚喜的叫了起來：『找到了！找到了！』聽她這樣一

說，我也爲她高興。可是，只一會兒功夫，失望又寫在她的臉上。」

「媽媽，她怎麼了？」

「只聽她自言自語：『這麼陡的坡，我怎麼能採到它們呢？』」

「她要採什麼呢？」

「我猜，她一定是在爲她的親人或是孩子尋找藥引；因爲，在這之前，有好多人來這兒尋過那種我也不知名字的草藥，都說是採來接骨用的。不過啊，每次來採藥的都是壯漢，像她這麼漂亮柔弱的女子，是不可能爬上那麼陡的山坡的。」

「媽媽，她就這麼失望的走了嗎？」小楓樹問。

「孩子，她可是個勇敢的女子啊！她費了九牛二虎之力，才爬上了坡……」

「她採到藥了嗎？」

「唉！」

「媽媽，她怎麼了？」

「就在她準備採草藥的時候，不幸的事發生了……」楓樹媽媽低聲抽泣著。

「媽媽，她到底怎麼了？」

「她不小心摔了下來……」楓樹媽媽說：「她正好摔在我們家門前那雪白的杜鵑花上，鮮血染紅了杜鵑花……」

「她爲了自己的親人，犧牲了自己。」小樹說。

「不，孩子，你錯了。」楓樹媽媽對小楓樹說：「來尋找她的人很多，他們都很感動。原來，她不是爲了自己的親人，也不是爲了自己的孩子，而是爲她的學生尋草藥；因爲

那學生摔斷了腿，又是一個無父無母的孤兒……」

「哦，她是老師。媽媽，她就這樣離開人世了嗎？」

「孩子，她是那樣的偉大、那樣的無私，林子裡的靈芝仙子知道了這件事，用自己的靈氣救活了她。看，那株本來每年都開白花的杜鵑，今年也開出了紅花；紅得那樣燦爛，紅得那樣美麗，不就是老師那慈愛光輝的象徵嗎？」

杜鵑花爲什麼這樣紅？那是女教師的鮮血染紅的。世界爲什麼這樣美麗？那是奉獻者用心血澆灌出的美麗花朵，開遍了世界的每一個角落。

小朋友，請你想一想，我們可以怎樣讓世界更美麗呢？

每天贏自己一次

「冰冰羊一百分，蹦蹦兔九十分、咪咪熊五十分……」哈哈豬老師一邊發著國語考卷，一邊念著同學們的成績。

咪咪熊接過考卷，流下了傷心的淚水。

放學了，咪咪熊不想回家，他覺得自己的成績這麼差，對不起爸爸媽媽。走著走著，咪咪熊來到一棵千年的智慧樹下；這棵智慧樹，總能爲人指點迷津。

咪咪熊依偎著智慧樹，訴說自己的心事：「智慧老人，請您告訴我，我怎麼樣才能考出好成績呢？」

智慧老人說話了：「咪咪熊，別灰心，相信自己是最棒的！只要你做到每天

贏自己一次，勝利就會屬於你！」

咪咪熊用手托著下巴，眨著兩隻黑葡萄似的眼睛問：「智慧老人，『每天贏自己一次』是什麼意思？」

智慧老人笑了笑，說：「你昨天能默寫出五個詞語，今天能默寫出六個詞語，就算贏自己一次；你昨天能做對十個題目，今天能做對十一個題目，也算贏自己一次……」

咪咪熊回到家，打開書包，拿出考卷一看，今天只聽寫對了十個詞語，所以得了五十分。他對自己說：「明天，我要寫對十一個詞語，就能得五十五分。」他便認真的默寫起了詞語。

「咪咪熊，快來和我們一起玩耍吧！」窗外的小玩伴們喊著。

「不行，我還沒有默寫完呢！」咪咪熊頭也不回的回答。

詞語默寫——

完了，咪咪熊又拿出數學作業本，發現自己今天只做對了八題，得了四十分。他對自己說：「明天，我要做對九題，就能得四十五分。」他便拿出計算紙，認真的開始練習。

「咪咪，吃飯了！」熊媽媽說。

「不行，我還沒有算出來呢！」咪咪熊仍然繼續演算。

第二天，在放學的時候，老師表揚了咪咪熊：「咪咪熊同學和昨天相比，有了很大的進步，他今天的國語考六十五分，數學六十分……」

聽了老師的表揚，教室裡響起熱烈的掌聲；咪咪熊那紅紅的臉蛋上，露出了開心的微笑。

3+4=7
5-2=?
65

從此以後，咪咪熊牢牢記住智慧老人的話：每天贏自己一次！在新的一天裡，他總會有新的進步、新的收穫！

給小朋友的貼心話

小朋友，讓我們一起向咪咪熊學習：不要心急，只要每天贏自己一次，就每天都能有新的進步、新的收穫呵！

貝貝豬的快樂新年

「紅蘿蔔，津津甜，盼著盼著要過年。剪窗花，貼對聯，放禮花，祭祖先，倒貼福字吃湯圓兒……」

過年了！過年了！豬爸爸忙著祭祖先、貼對聯，貝貝豬忙著幫豬媽媽貼窗花、準備年菜。

吃過年夜飯，小豬豬們玩著鑽地鼠、沖天炮、風車轉轉、七彩霓虹……各色煙火，把天空點綴得比小豬豬們的衣服還美麗。

「拜年了！拜年了！」大年初一的早晨，貝貝豬起了個大早，他開心的想著：「今年買玩具的錢，全靠今天的紅包了。」

貝貝豬來到豬外婆家。「外婆、外婆，我來了！」

外婆拿出紅包，遞

給貝貝豬：「小乖乖，拿去過個快樂年。」

貝貝豬伸手想去接紅包，可是，紅包卻飛了起來；貝貝豬想去追，一不小心，摔了個「豬啃泥」。紅包笑呵呵的說：「摔個跟斗，算是給外婆磕頭！」

「本來想不磕頭就把紅包拿到手，看來是不行的。」貝貝豬小聲嘮叨著。

聽了貝貝豬的嘮叨，紅包說：「不磕頭，鞠個躬說聲『恭喜發財』也行呀！再不，說聲『新年快樂、萬事如意』也可以呀！如果你再想白拿紅包，我就再讓你摔跟斗。」

貝貝豬又去給豬叔叔、豬嬸嬸們磕頭拜年：「新年快樂，萬事如意，恭喜發財……」

貝貝豬得到了好多好多的紅包。

「這麼多的紅包，我可以買好多零食吃了。」

貝貝豬樂呵呵的數著手裡的錢。

貝貝豬來到

「美食店」，買了好多零食，一個人待在花園裡吃啊吃啊，吃得肚子圓滾滾的。

「哎喲，肚子疼死了！」零食還沒有吃完，貝貝豬捂著肚子，呻吟了起來。

「我是你肚子裡的洋芋片。」

「我是你肚子裡的巧克力。」

「我是你肚子裡的跳跳糖。」……

天啊！貝貝豬肚子裡的零食在鬧革命了。它們在貝貝豬的肚子裡唱歌、跳舞，還玩武術，折騰得貝貝豬直喊「疼啊、疼啊！」

豬媽媽趕忙把貝貝豬帶到豬醫生那兒。

「零食也得省著點吃呀！你是我今天的第九十九位小病號，前面的九十八個小傢伙，都是因爲一下子吃得太多。」豬醫生那雙小眼睛，透過眼鏡，盯著貝貝豬。

豬醫生要貝貝豬接受打針。貝貝豬來到注射室，看見豬護士舉著胳膊

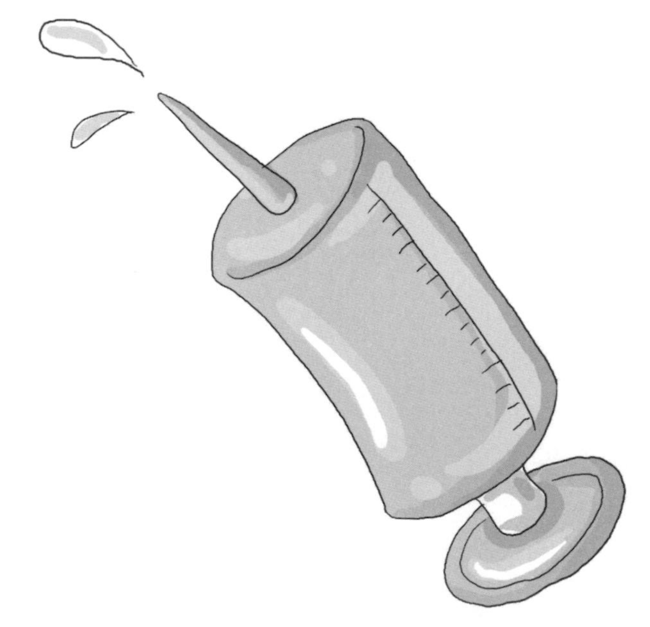

般粗大的針管，嚇得貝貝豬直喊：「別打呀！我再也不敢這樣大吃零食了！」

貝貝豬挨了針，揉著很疼的屁股回到家。他摸著紅包裡那些還沒有用的壓歲錢，小聲嘀咕著：「零食不能吃了，怎麼用這些壓歲錢呢？」

豬爸爸對貝貝豬說：「乖乖，你就想個辦法，讓這些壓歲錢回家吧！」

貝貝豬傻傻的對眼前這些紅包說：「爸爸說，讓你們回家，那你們就回去吧！」

一個紅包跳起來，點著貝貝豬的鼻子說：「你眞是笨笨豬！讓我們這樣回家，多沒意思呀！」

又一個紅包跳起來，扯著貝貝豬的耳朵說：「呆呆豬，你還是把我們變成禮物，再送回去吧！」

貝貝豬拍拍腦袋，大喊一聲：「對呀，把它們變成禮物，送回家！」

貝貝豬來到書店，買了幾本精彩的《哆啦A夢》，又來到超市，買了營養品、痠痛藥膏等，然後很快的跑回家。

「外婆，您常常腿疼，這是我給您買的藥膏。」貝貝豬把痠痛藥膏放在外婆手中，樂得外婆臉上的笑容像是綻開了的花朵。

「嬸嬸，這幾本《哆啦A夢》，就送給小弟弟吧，他最喜歡看這個了。」貝貝豬把《哆啦A夢》送給了豬嬸嬸家的豬小弟，樂得豬小

弟手舞足蹈。

「奶奶，您身子不好，又沒人照顧，我給您送來一點兒營養品，您可要好好保重身體呀！」貝貝豬把營養品送到隔壁獨居的豬奶奶家，豬奶奶的眼眶裡，含著晶瑩的淚水。

新年一天天過去了，貝貝豬的紅包也用完了，他還是那樣快樂。

給小朋友的貼心話

小朋友們，要學會用自己的壓歲錢唷！雖然用壓歲錢買不到快樂和幸福，但是，我們卻可以用壓歲錢做一些有益的事情。

除了像貝貝豬那樣爲身邊的人買禮物之外，還可以把壓歲錢捐贈給那些需要我們幫助的貧困孩子，讓他們能像我們一樣讀書、識字，過著幸福的生活。別人快樂了，我們不也會感到快樂嗎？

玫瑰仙子

「要是媽媽還在，那該有多好啊！」晶晶常常在玫瑰花樹下歎息。

晶晶還很小的時候，媽媽就被病魔奪去了生命。晶晶還記得，媽媽在世的時候，很喜歡玫瑰花，還種了一株好大的玫瑰花樹。

每當玫瑰花開的時候，媽媽就帶著晶晶來到花樹下，對她說：「晶晶，聞聞玫瑰花的香味，你會長得像玫瑰花一樣美麗的。」晶晶總是會調皮的對媽媽說：「媽媽您比玫瑰花還美呢！」這時晶晶就會發現，媽媽的臉上洋溢著幸福的微笑……

如今，那些都成了晶晶最憂傷的回憶。

「要是媽媽還在，那該有多好啊！」又是一年春天來到，晶晶在開滿玫瑰花的花樹下歎息著。在春天裡，晶晶特別想念媽媽，想念和媽媽一起聞玫瑰花香的日子。媽媽走後，留給晶晶的除了有一個愛她的爸爸外，就只有這株玫瑰花樹了。晶晶把這株玫瑰花樹當成了媽媽的化身，有什麼煩惱就向花樹傾訴，有什麼快樂就和花樹一同分享……

「晶晶啊！妳有什麼煩惱

就說吧！」一個溫柔的聲音從花叢中傳出來。

「您是誰呀？」晶晶膽怯的問。

「晶晶，我是玫瑰仙子。妳有什麼煩惱就說吧，或許我能幫助你。」玫瑰仙子說。

「明天要參加歌唱比賽了，可是，我還沒有一件漂亮的衣裳。要是媽媽還在，那該有多好，她一定會為我準備一件漂亮衣裳的。」晶晶說。

「晶晶，你的歌聲是多麼的悅耳動聽，你一定要去參加歌唱比賽。妳放心的去睡覺吧，明天早上，妳會有一件漂亮衣裳的。」玫瑰仙子說。

第二天，晶晶一覺醒來，發現床邊多了一件漂亮衣裳。仔細一看，顏色紅紅的，紅得像玫瑰花瓣兒；摸一摸，柔柔

的，柔得像玫瑰花瓣兒；聞一聞，香香的，香得像玫瑰花瓣兒……

晶晶急忙跑到玫瑰花樹旁：昨天還開滿枝頭的玫瑰花，現在，一朵也沒有了，只剩下滿樹的綠葉向她點頭問好。

「都是我不好，我不該去參加歌唱比賽的。」晶晶哭了。

「好晶晶，別哭，明年春天，我還會回來的……」玫瑰仙子的聲音，越來越遠……

又一個春天，在晶晶的企盼中姍姍而來。玫瑰花樹上的花苞，在晶晶的細心呵護下，一個接一個的綻開了紅紅的笑顏。

「玫瑰仙子，您來了嗎？」晶晶對著玫瑰花樹問。

「晶晶，謝謝妳的呵護，我回來了。」玫瑰仙子溫柔的聲音在花叢中響起。

「玫瑰仙子，我能叫您一聲媽媽嗎？」

「好啊！我有這樣乖巧的女兒，眞是我的福氣呢！」

「我覺得好幸福呵！我又有媽媽了！我又有媽媽了！」晶晶樂得合不攏嘴。

可是，沒過幾天，晶晶哭著來到玫瑰花樹下。

「我的乖女兒，妳怎麼了？」玫瑰仙子關切的問晶晶。

「有好多同學……都不和我玩……他們說我……」晶晶傷

心得說不出話來。

「好晶晶，乖晶晶，妳慢慢說，同學們爲什麼不和妳玩呢？告訴我，看看我能不能幫妳想想辦法。」玫瑰仙子安慰著晶晶。

「他們都說我身上有臭味；我從他們身邊走過，他們就用手捂著鼻子，還不停的喊『臭死了，臭死了』……」晶晶哭得更傷心了。

「晶晶別難過，去睡吧！明天還要上學呢，可別耽誤了功課。過了今晚，一切都會好起來的。」在玫瑰仙子的勸說下，晶晶進屋睡覺了。

第二天，晶晶滿懷心事的來到學校，她害怕同學們說她臭，便處處躲著同學們。但奇怪的是，晶晶越是躲，同學們就越是靠近她，還不斷聽見有同學說：「晶晶好香呢！」

「我眞的很香嗎？」晶晶對自己說：「如果眞是那樣，我身上的香味是從哪兒來的呢？」晶晶仔細聞著自己身上的香味：啊？這不是玫瑰花香嗎？難道……

放學了，晶晶飛快的跑回家，來到玫瑰花樹下。令晶晶傷心的是：花樹上的每一朵玫瑰花都不再有以前那般馥郁的芳香了。

「玫瑰媽媽，都怪我不好，讓您不再有香味了。」晶晶哭著說。

「孩子，別難過。雖然我身上沒有了香味，但我的付出能讓妳更有自信，我就感到很欣慰。只是，我沒有了香味，你還會愛我嗎？」玫瑰仙子輕聲說。

「玫瑰媽媽，您的美麗只有我能看見，您的香味只有我能聞到，您永遠是我最親愛的媽媽！」

小朋友，你愛自己的媽媽嗎？在生活中，媽媽總是無微不至的照顧著我們；就像故事中的玫瑰仙子一樣，爲了自己的兒女，可以奉獻出自己的一切。

好好愛我們的媽媽吧，即使她不再美麗，她也是我們最親愛的媽媽！

花蝴蝶，蝴蝶花

花蝴蝶有著許多美好的願望：她要飛遍大江南北、她要爲每一個朋友做一件好事、她要把美麗帶到世界的每一個角落……

「蒲公英姊姊，我能幫您做點兒什麼嗎？」花蝴蝶問蒲公英。

蒲公英姊姊說：「謝謝您，花蝴蝶。如果方便的話，就幫我捎去一句話，給住在山那邊的姊妹們，說我想念她們。」

花蝴蝶一路唱著歌兒，飛到山的另一邊，給蒲公英的姊妹們捎去了甜甜的問候。

「榕樹爺爺，我能幫您做點什麼嗎？」花蝴蝶來到榕樹爺爺的身邊。

榕樹爺爺說：「謝謝妳，花蝴蝶。如果方便的話，就對鳥兒們說，讓他們來和我作伴吧，我這兒是他們快樂的天堂。」

花蝴蝶一路唱著歌兒，碰上鳥兒就說：「到榕樹爺爺那兒去吧，那兒是你們的天堂。」

「山坡大叔，我能幫您做點什麼嗎？」花蝴蝶問光禿禿的山坡大叔。

山坡大叔說：「謝謝妳，花蝴蝶。如果方便的話，就給我帶些花草樹木的種子來吧，我這兒有大片的土地等著它們呢！」

飛啊飛啊，花蝴蝶來到野百合的身邊，對野百合說：「百合姊姊，給我一些種子吧，山坡大叔需要呢！」野百合給了花蝴蝶一些種子。花蝴蝶帶回野百合的種子，種在山坡大叔的懷抱裡。

飛啊飛啊，花蝴蝶來到榆錢樹的身邊，對榆錢樹說：「榆錢樹哥哥，給我一些種子吧，山坡大叔需要呢！」榆錢樹給了花蝴蝶一些種子。花蝴蝶帶回榆錢樹的種子，種在山坡大叔的懷抱裡。

飛啊……飛啊……，花蝴蝶不知飛過了多少地方，不知向多少朋友要了多少種子，都種在山坡大叔的懷抱裡了。

「謝謝妳，花蝴蝶。」山坡大叔感激的說。

「別客氣。等到明年，在您的懷抱裡，一定有一個最美的春天。」花蝴蝶對山坡大叔說。

花蝴蝶飛啊飛，她要去實現自己的願望，把美麗帶到世界的每一個角落。

花蝴蝶飛啊飛……哦，起風了，天上布滿了烏雲，在花蝴蝶急急忙忙往家裡趕的路上，下起了大雨。

「媽媽……救救我呀……媽媽……」有個細小的聲音從下方傳來。

花蝴蝶仔細一看，啊！是一隻在雨中掙扎的小蜜蜂，怎麼也飛不起來。「小蜜蜂，你怎麼了？」花蝴蝶顧不得趕路，在小蜜蜂的身邊停了下來。

「蝴蝶姊姊，我的翅

膀受傷了；如果風雨不停的話，恐怕是飛不起來了……」小蜜蜂傷心的說。

「別急，有我在呢！我會幫你的。」花蝴蝶用身子護住了小蜜蜂。

「蝴蝶姊姊，您還是趕快走吧！這麼猛的風，這麼大的雨，您也會禁受不起的啊！」小蜜蜂說。

「別怕，你就在我的翅膀下安心躲雨吧，我沒事的。」

小蜜蜂累了，在花蝴蝶的翅膀下，甜甜的睡著了……

風止了，雨停了，小蜜蜂醒來了。可是，美麗的花蝴蝶，卻永遠的離開了這個美麗的世界……

第二年春天，在花蝴蝶離開的地方，開出了許許多多的小花；微風吹過，就像無數美麗的花蝴蝶在風中飛舞，人們都叫它蝴蝶花。

每年蝴蝶花開的時候，就有許多小蜜蜂在花叢中飛來飛去，還唱著動聽的歌謠：「花蝴蝶，真美麗……」

小朋友，你的願望是什麼？花蝴蝶的願望，是要飛遍大江南北，要爲每一個朋友做一件好事，要把美麗帶到世界的每一個角落。

花蝴蝶的願望實現了。雖然，她的身體離開了這個美麗的世界，但是，她的精神卻像滿山的蝴蝶花，綻放在山野，綻放在我們每個人的心裡。

長鬃馬和匆匆蟻

渾身雪白的長鬃馬，常常很神氣的抖動著他那白得發亮的長鬃毛，對夥伴們說：

「瞧瞧我這強壯的身體，瞧瞧我這漂亮的鬃毛，再瞧瞧你們那副醜樣，簡直是天壤之別呀！」

可是，夥伴們都知道，長鬃馬是最不愛勞動的傢伙。

一隻匆匆蟻拖著一條菜青蟲，吃力的朝自己的洞口走去。

「喲！匆匆蟻，瞧你那費力的樣子，真好笑。」長鬃馬歪著腦袋，對匆匆蟻說。

「長鬃馬先生，您除了會取笑別人之

外，您還會做點什麼呢？」匆匆蟻趁著歇腳的機會，笑呵呵的說：「我能搬動比自己的身體重十倍的東西，您能嗎？」

匆匆蟻的話，激怒了長鬃馬；只見他揚起前蹄，長嘶一聲，很不高興的說：「你一隻小小的螞蟻，能和我比嗎？就是一千隻螞蟻，也比不過我。」

於是，長鬃馬和匆匆蟻約定：用一千隻螞蟻和長鬃馬比賽，把相同重量的爆米花從山腳搬到山頂。

約定的時間到了，一千隻螞蟻排得整整齊齊，作好了與長鬃馬比賽的準備。

比賽開始了，匆匆蟻指揮著螞蟻們井然有序的開始了工作；螞蟻們三個一夥、五個一群的結夥而行，抬一個爆米花，「嘿唷、嘿唷」的朝山上走去。

長鬃馬在一旁看著螞蟻們匆匆忙忙的樣子，冷笑道：「瞧這

幫不自量力的傢伙，三五成群抬一個爆米花，還敢和我比？就讓他們瞎忙吧，這一點兒東西，我一下子就馱到了山頂。」於是，長鬃馬就在一旁閒晃，一會兒走到這群螞蟻跟前說：「哈哈，好傢伙，五個人抬一個爆米花。」一會兒又走到那群螞蟻跟前說：「嘿嘿，了不起，三個人抬一個爆米花。」

面對長鬃馬那副不可一世的樣子，匆匆蟻沒有生氣，只是一笑而過。

眼看著螞蟻們快要把爆米花運完了，長鬃馬才把他那一袋爆米花馱在背上說：「小不點兒們，看我的。」

可是，長鬃馬只走了幾步，就開始感到吃力了。匆匆蟻走到長鬃馬面前，好心的說：「長鬃馬大哥，我們快運完了，需要我幫忙嗎？」

「去去去，小傢伙，可別小看我啊！」長鬃馬不屑一顧的說。

長鬃馬還沒到山腰，就再也走不動了，只好停下來歇息。長鬃馬眼見著螞蟻們抬著一個個爆米花從身邊經過，而他，再也沒有力氣站起來了。

「唉！平時多運動，就不至於落到這種被螞蟻笑話的下場了。」

小朋友，每個人都有自己的優點，也有自己的缺點，不要隨意嘲笑那些看起來不如自己的人。

俗話說：「團結力量大」。團結的力量是不可忽視的，只要我們團結一心，就能戰勝一切看起來不可能克服的困難。

星兒星兒你靜靜的聽

夜深了，一隻小螞蟻迷路了，他在草地上傷心的哭泣。

一陣風兒吹過，一片黃樹葉輕飄飄的從樹上落下來，正好落在小螞蟻的身旁。

「小傢伙，你哭什麼呀？」葉子問哭泣的小螞蟻。

「我找不著回家的路了。」小螞蟻說。

「別哭別哭，我陪著你，好嗎？」葉子安慰著小螞蟻。

小螞蟻躺在葉子的懷裡，他還在不停的抽泣，他說：「葉子姊姊，沒有月光的夜晚，我怕黑。」

「螢火蟲，掛燈籠，不在屋簷下，一閃一閃在夜空。」一隻螢火蟲兒唱著歌兒飛來了，他說：「誰怕黑呀？我來幫他照亮。」

「螢火蟲兒啊螢火蟲兒，你來得可真是時候啊，這隻迷路的小螞蟻怕黑呢！」葉子高興的說。

螢火蟲在樹葉上停住了腳步，他說：「我的光太微弱了，我去把姊妹們也叫來吧！」說完，螢火蟲又唱著歌飛走

了。

過了一會兒，夜空中飛來了好多的螢火蟲，他們把樹葉圍了起來；整個樹葉上燈火通明，遠遠望去，就像一張娃娃的笑臉。

一隻漂亮的蟋蟀拉著小提琴，姍姍而來，他高興的說：「啊！這麼熱鬧的晚會，怎麼不通知我呀？」

「歡迎蟋蟀小姐的到來，小螞蟻寂寞著呢，妳來演奏一首曲子吧！」一隻螢火蟲說。於是，蟋蟀小姐就拉起了《星兒星兒你靜靜的聽》。

「我最愛唱歌了，正好蟋蟀小姐可以幫我伴奏。」一隻美麗的紡織娘飛來了。

這下，樹葉上可熱鬧了：蟋蟀小姐演奏，紡織娘唱歌，螢火蟲發出的亮光，照在每個小夥伴的臉上，暖在小螞蟻的心裡。

小朋友，當你在路旁遇到迷路的小朋友的時候，你願意伸出援助之手去幫助他嗎？當你的朋友孤獨的時候，你願意帶著你的夥伴去陪伴他嗎？

關注身邊的每一個人，關注身邊每一顆孤獨的心，世界就會充滿愛！

香皂和花手絹兒

一塊紫蘿蘭香皂和一塊花手絹靜靜的躺在百貨大廳的玻璃櫃裡。

「香皂大哥，那些討厭的灰塵，把你的衣服給弄黑了，我來幫你遮住它們。」花手絹說完，就用自己的身體把香皂給遮住了。

「手絹妹妹，我會報答你的。」香皂大哥感激的說。

有一天，一隻可愛的蹦蹦兔來到玻璃櫃旁，一眼看見那條漂亮的花手絹，他對售貨員熊阿姨說：「阿姨，我要買這一條花手絹。」蹦蹦兔捧起了心愛的花手絹。

「手絹妹妹，妳等等我

呀！」香皂大哥焦急的喊道。

「蹦蹦兔，你就把香皂也一塊兒帶走吧，香皂和花手絹可是一對形影不離的好朋友呢！」熊阿姨對蹦蹦兔說。

就這樣，香皂和花手絹來到了蹦蹦兔的家裡。

蹦蹦兔是一隻很淘氣的兔子，他整天爬高又爬低，弄得滿頭滿臉都是泥。回到家裡，蹦蹦兔就用花手絹擦擦臉、擦擦嘴、擦擦屁股、擦擦腿。

「手絹妹妹，我來幫妳洗一洗。」香皂大哥心疼的對花手絹說。

「謝謝香皂大哥。」花手絹邊擦眼淚邊說。

於是，香皂大哥就和花手絹來到水池邊上，用自己的身體爲花手絹洗去身上的髒東西。

「嘻嘻，好多漂亮的泡泡啊，眞好玩！」花手絹快樂的說。

「妳會變得和以前一樣漂亮的。」香皂大哥也高興的說。

可是，細心的花手絹很快就發現：自己越來越乾淨，而香皂大哥的身體卻越來越小了……

「香皂大哥，你不能再洗了！再這樣洗下去，你就沒了！」花手絹著急的說。

香皂大哥卻笑呵呵的說：「手絹妹妹，沒關係的。我的身體變小了，但妳變漂亮了呀！看著妳漂漂亮亮的，我心裡就幸福。」

被香皂大哥洗得漂漂亮亮的花手絹，晾在葡萄架下，迎著清風，散發出淡淡的紫蘿蘭香味。

香皂大哥幸福的看著花手絹，對自己說：「我把自己的美麗，都給了手絹妹妹。手絹妹妹的美麗，就是我的幸福。」

小朋友，好朋友應該互相關心、互相幫助，爲了別人，寧可犧牲自己的利益。當你身邊的朋友在你的關心、幫助下獲得了快樂，你不也感到快樂嗎？

最漂亮的禮服

童話城堡裡那位英俊而高貴的兔王子說：「誰能做出我夢中見過的那件最漂亮的禮服，誰就是我的新娘。」

「我想做王子的新娘；可是，我到什麼地方去做王子夢想的漂亮

禮服呢？」在這個有星星的夜晚，善良美麗的吉吉兔小姐對天上的星星說。

天上那顆最亮的星星對吉吉兔說：「兔小姐，妳沿著屋後那條小路一直往前走，妳就會找到那件最漂亮的禮服。」

聽了星星的話，吉吉兔揹著口袋出發了。

「吉吉兔，妳幫我照顧一下我生病的女兒，我去請醫生，好嗎？」吉吉兔來到了一棵大樹下，鳳凰大嬸對她說。

大約過了半天功夫，鳳凰大嬸才把醫生請來了。

「謝謝妳，吉吉兔。我送妳幾根漂亮的羽毛作禮物吧！」

臨走的時候，鳳凰大嬸對吉吉兔說。吉吉兔很有禮貌的收下了這些禮物，繼續上路了。

「吉吉兔，我的織布機壞了。可是，眼前的山那麼高，我翻不過去，妳能幫我把它搬到山那邊去修理一下嗎？」吉吉

兔來到山腳下，紡織娘對她說。

吉吉兔也沒有翻過那麼陡峭的山啊！她鼓起勇氣，花了一天功夫，幫紡織娘把織布機搬去修理好，又送了回來。

「謝謝妳，吉吉兔。我就送妳幾匹我織得最漂亮的布作禮物吧！」臨走的時候，紡織娘對吉吉兔說。吉吉兔很有禮貌的收下了這些禮物，繼續上路了。

吉吉兔翻過了一座座山，涉過一條條河，可是，她還是沒有找到那件最漂亮的禮服。吉吉兔太累了，便坐在一棵大樹下休息。

吉吉兔打開口袋一看，裡面裝滿了一路得來的禮物；除了有鳳凰的羽毛和布匹外，還有她爲岸邊的蚌包紮傷口得到的耀眼珍珠，有爲花仙子澆花得來的鮮豔花冠……

「可是，我最需要的漂亮禮服，在哪裡呢？」吉吉兔流下了傷心的淚水。

「吉吉兔，你有漂亮的布匹、美麗的鳳凰羽毛、閃亮的珍珠、繽紛的花冠……怎麼還愁做不出最漂亮的禮服呢？」樹精靈對吉吉兔說：「我再給你一些花針和七彩的絲線，你便可以做出最漂亮的禮服。」

當吉吉兔身穿粉紅色的紗衣、頭戴鳳凰羽毛的花冠、頸繫璀璨的珍珠項鏈，出現在兔王子面前的時候，兔王子激動的拉著吉吉兔的手說：「這就是我夢中見到過的最漂亮的禮服：紗衣上寫著勇敢，花冠上寫著勤勞，項鏈上寫著善良……」

勇敢、勤勞、善良的人，總是會得到生活的饋贈，因而能實現自己的理想。小朋友們，讓我們學習做個勇敢、勤勞、善良的人吧！

想飛的小石頭

在大山的深處，有許許多多奇形怪狀的石頭。千百年來，他們躺在那兒，受著風吹雨打、嚴寒酷暑；他們看冬去春來、花開花落，他們聽候鳥去來、鶯歌蟲鳴……

在這些石頭當中，有一塊稜角分明、但外表粗糙的小石頭。多少年來，小石頭老是在夜裡做著一個相同的夢：自己長著一對像蝴蝶那樣漂亮的翅膀，飛上了天。於是，在小石頭的心中，就有了一個美麗的夢想：如果哪一天，我真的能飛上天，那該有多好啊！

「唉！要是我眞能飛上天，那該有多好啊！」小石頭看著天上的飛鳥，低聲歎息著。

「呵呵，

那醜醜的小石頭，整天都做著飛天的夢！」小石頭身邊的小草說。

小草的嘲笑，並沒有讓小石頭放棄自己的夢想。

有一年夏天，山洪暴發了，小石頭被洪水沖入河

中。小石頭和眾多的卵石一起，任由河水沖刷。在河水中，小石頭偶爾能看到藍天；每當這個時候，他總是說：「要是我眞能飛上天，那該有多好啊！」

「我還沒看見能飛上天的石頭呢！」小石頭身邊的一塊卵石說。

卵石的話，也沒有讓小石頭放棄自己的夢想。每當他遇上困難的時候，他總是對自己說：「我一定要堅強，我一定要克服困難，我還沒有實現自己的夢想呢！」

日復一日，年復一年，小石頭身上的稜角被磨平了，他變得光滑起來。

又經過一次洪水，小石頭被巨浪拋向空中，最後落到了岸邊的荒坡上。

「唉！要是我真能飛上天，那該有多好啊！」每當小石頭抬頭看天的時候，他都會這樣說。

「小石頭啊小石頭，別癡人說夢了，就是滄海變成了桑田，你的夢也不能實現。」小石頭身邊的小松樹說。

雖然小石頭身邊的夥伴都這麼說，而且小石頭也親眼目睹了桑田變成了滄海，滄海又變成了桑田；但是，小石頭心中的那個夢想，仍然沒有改變。

有一天，一架小型的直升機降落在小石頭的身邊。

「哦，我終於可以清楚的看到飛機了。」小石頭高興的對自己說：「要是它能把我帶到天上，該有多好啊！」

這時，一個揹著黑色大背包的大鬍子叔叔來到小石頭的身邊，坐了下來。當大鬍子發現小石頭的時候，他的眼睛一亮：「呵！好傢伙！」

大鬍子叔叔把小石頭捧在手心裡，又從背包裡拿出放大鏡，認眞的觀察著小石頭；「這是一塊上好的玉石啊！」但是，小石頭卻聽不懂大鬍子叔叔的話。

「大鬍子叔叔，我可以坐坐您的飛機嗎？」小石頭小心翼翼的

問。

「哦？小傢伙，你想坐飛機啊？」大鬍子叔叔笑呵呵的看著小石頭。

「是啊，我最大的夢想就是能飛上天。」小石頭見大鬍子叔叔可以和自己說話，他的話就多了起來：「可是，我的小夥伴們都說，我是癡人說夢。」

「小傢伙，你的夢想會實現的，因爲人類需要你。」大鬍子叔叔說：「可是，我要告訴你，你還要接受比日晒雨淋更痛苦的磨難，才能實現你的夢想呵！」

「只要能實現自己的夢想，什麼樣的磨難我都能忍受。」

小石頭斬釘截鐵的說。

於是，小石頭就和大鬍子叔叔一起，坐上了飛機。在飛機上，小石頭好興奮：他的夢想終於成真了！他貪心的看著窗外美麗的藍天、白雲……

可惜的是，小石頭還沒看夠，他們卻很快就降落了。大鬍子叔叔把小石頭帶到了一間很大的屋子裡，裡面有著許許多多的小石頭。

「小傢伙，接受磨難的時候到了。如果你能挺過這一關，你的夢想一定能夠實現。」大鬍子叔叔愛憐的對小石頭說。

就這樣，小石頭嘗到了磨難的滋味：他被翻來覆去的打磨，那金剛石做成的「刀」，在他身上不停的「切」著、「割」著……小石頭咬緊牙關，忍受著劇痛，因爲他始終記著大鬍子叔叔對他說過的話：「你還要接受比日晒雨淋更痛苦的磨難，才能實現你的夢想。」

「多好的一塊玉石啊！」

「眞是玉中之珍品啊！」

經過了精心琢磨，小石頭終於變成了人人稱讚的美玉，被送到了珠寶店中。小石頭雖然躺在精緻的珠寶盒裡，但是，他仍然覺得自己的理想還沒有完全實現。

有一天，一個中年男子買下了小石頭，把他鑲嵌在白金戒台上，送給了自己的女兒。中年男子對女兒說：「孩子啊，我們配戴玉石，並不是爲了向人們顯示我們的地位。我們要學習玉石的精神：『玉不琢，不成器』，一塊完美玉石的形成，必須經過歲月的磨礪，必須經過力量的雕琢。孩子，當妳勇敢的經過一番磨練之後，妳也會變成一塊美玉的。」

最讓小石頭欣喜的是：那個戴著戒指的女孩，是一個空中小姐，她天天戴著小石頭，在藍天上飛翔……

小朋友，你也有自己的夢想嗎？爲了實現你的夢想，你會奮力拚搏嗎？當困難來臨的時候，你會放棄對理想的追求嗎？

小朋友們，只有不畏風雨、奮力拚搏的人，才能到達理想的彼岸，才能嘗到成功果實的甜美。

愛吹泡泡糖的小松鼠

小松鼠在撿松果的時候，看見林子裡的小姑娘們吹著大大的泡泡糖，他羨慕極了。

「小姑娘，我也想吹泡泡糖，妳能給我一個嗎？」小松鼠對小姑娘說。

「行啊，就給你一個吧！」小姑娘樂呵呵的給了小松鼠一個泡泡糖。

小松鼠學著小姑娘的樣子，吹啊吹啊，一下子就吹出了一個又大又漂亮的泡泡。這下子，小松鼠可樂了，他說：「等我有了錢，我要買好多好多的泡泡糖。」

「可是，我怎麼樣才會有錢呢？」小松鼠左思右想。

「收松果唷，有松果的拿來賣啊——」小松鼠正在傷腦筋的時候，林子裡傳來了吆喝聲。只見一個肩膀上掛著麻布大口袋的老爺爺邊走邊吆喝著。小松鼠急忙跑過去把老爺爺叫住：「老爺爺，我有松果賣給您。」

小松鼠把家裡所有的松果都搬出來，準備賣給老爺爺。

「小松鼠啊，你把所有的松果都賣給了我，你拿什麼過冬啊？」老爺爺關切的問小松鼠。

「這您就別操心了，我會用賣松果的錢，去買更好的過冬食物。」小松鼠神祕的說。

小松鼠拿著賣松果得來的十塊錢，高高興興的來到賣場，把所有的錢都換成了他渴望已久的泡泡糖。回到家裡，小松鼠吹啊吹啊，把所有的泡泡糖都吹得大大的、圓圓的，

在松樹上掛滿五顏六色的泡泡。

冬天到了，冬爺爺給大地鋪上一層厚厚的雪絨被子。小松鼠找不到食物了，用來過冬的松果，也被換成了泡泡糖。小松鼠望著松樹上掛著的泡泡，他想：「要是這些泡泡糖能把我帶到暖和的地方，找些食物來吃，那該有多好啊！」

那些漂亮的泡泡糖似乎聽懂了小松鼠的話，它們合在一起，變成了一個大大的泡泡，把小松鼠裹在裡面。

小松鼠感到自己隨著泡泡飛起來了：「泡泡糖一定會把我帶到一個可以找到食物的地方。」小松鼠在泡泡裡開心的想著。

泡泡飛啊飛啊，正在空中飛翔的老鷹看到了。「呵！好漂亮的泡泡，明天刺蝟小姐過生日，我正愁沒有生日禮物呢！就把這個帶回去做禮物吧！」於是，老鷹便把裝著小松鼠的泡泡帶回了家。

刺蝟小姐的生日那天，老鷹帶著泡泡來到了刺蝟小姐家。

「喲！鷹大哥，您到哪裡弄了這麼一個五彩的氣球？我最喜歡了。」刺蝟小姐說著，就撲過去，想緊緊的把泡泡摟在懷裡。

「砰！」泡泡在刺蝟小姐的懷裡破了。

泡泡破了，小松鼠滾了出來。

「喲，我怎麼弄回了一隻小松鼠？」老鷹很驚奇。

「小松鼠，歡迎你的到來。」刺蝟小姐看著漂亮的小松鼠，高興的說：「我們一起吃蛋糕吧！」

肚子餓得咕咕叫的小松鼠坐下來，紅著臉，滿足的吃著蛋糕。小松鼠對自己說：「以後，我再也不會用松果去換泡泡糖了。」

小朋友，千萬不能學習故事中的小松鼠，用過冬的糧食去換取一時好玩的泡泡糖；要不然，最終吃苦頭的仍是自己啊！

不管什麼時候，我們都應該對自己的生活有所規畫，千萬不能爲了滿足一時的好奇，而放棄了對自己更重要的東西。

會唱歌的紫色秋千

天使姊姊頭上那根紫色的羽毛，想去尋找人間天堂。臨走的時候，羽毛問天使姊姊：「姊姊，我到了人間，還做羽毛嗎？」

天使姊姊說：「你想做什麼都可以，我會滿足你的願望，只要你過得快樂！」

紫色羽毛來到草坪上，看到孩子們都在玩氣球。那五顏六色的氣球，在孩子們的歡呼聲中，翩翩起舞。紫色羽毛對天使姊姊說：「多漂亮的氣球啊！天使姊姊，我也變成一個大大的紫色氣球吧！」

紫色氣球
一會兒在這個
孩子的手中，
一會兒又到了
那個孩子的手
中。「啊！做
氣球多麼快樂
啊！」

「砰！」紫色的氣球爆炸了！

氣球的碎片，很快就合成了一片紫色的羽毛。紫色羽毛對自己說：「沒想到，漂亮的氣球，也不能讓我感到眞正的快樂！」

紫色羽毛來到一個精品店裡，它看到了好多美麗的物品：亮晶晶的髮夾、小巧玲瓏的花瓶、坐在搖籃裡的蹦蹦兔……最讓紫色羽毛喜歡的，是躺在水晶盤子裡的五彩彈力球，有好多孩子都在等著買呢！紫色羽毛對天使姊姊說：「多漂亮的彈力球啊！姊姊，我也變成一個漂亮的彈力球吧！」

紫色羽毛變成的彈力球，被一個可愛的男孩買走了。男孩兒拿出紫色彈力球，和夥伴們比賽，看誰的彈力球蹦得高。

「從現在起，我就可以在地上快樂的蹦來蹦去了。」紫色彈力球喜孜孜的想著。

可是，因爲男孩子想讓紫色彈力球蹦

得高一些，使的勁兒太大，紫色彈力球一下子就蹦進了一個大池塘裡。

「算了，撿不回來了，再去買一個吧！」男孩子瞭望漂在水面上的紫色彈力球，無奈的走了。

紫色彈力球只得又變回羽毛，隨著風兒，飄上了岸。紫色羽毛對自己說：「沒想到，漂亮的彈力球，也不能讓我感到真正的快樂！」

最後，紫色羽毛來到一個花園裡，聽到了一對母女的對話：

「媽媽，要是能有一架會唱歌的秋千，在您上班的時候，我就不會寂寞了。」女兒摸著媽媽的臉，輕輕的說。

「是啊！可是，哪兒才有會唱歌的秋千呢？」媽媽吻了吻女兒的額頭，輕聲歎息著。

紫色羽毛仔細一看：那是個眼睛看不見的女孩子！紫色羽毛對天使姊姊說：「多可憐的孩子啊！姊姊，我就變成一架會唱歌的紫色秋千吧！」

紫色羽毛果眞變成了會唱歌的紫色秋千。

「天上的星星不說話，地上的孩子想媽媽……」

「搖啊搖，搖啊搖，搖到外婆橋……」

紫色秋千爲小女孩唱著一首又一首的兒歌。看到小女孩

的臉上幸福的微笑，紫色秋千對天使姊姊說：「姊姊，我就永遠做紫色秋千吧！這兒就是我要尋找的人間天堂！」

給小朋友的貼心話

小朋友，哪裡有快樂的天堂呢？快樂的天堂需要我們用心去建造！

像故事中的紫色羽毛一樣，變做紫色秋千，爲小女孩帶來幸福，那裡便是眞正的人間天堂。

當幸福貓咪遇上小竹子

幸福貓咪一直生活在媽媽溫暖的襁褓中，過著無憂無慮的日子。有一天，幸福貓咪對自己說：「我想出去看看外面的世界。」

「我該去哪兒呢？」幸福貓咪什麼地方也沒有去

過，他想了想，對自己說：「就到媽媽常帶我去的後山看看吧！」

幸福貓咪到了後山，後山上長滿了小竹子，一棵棵都對著幸福貓咪微笑。

「歡迎你，朋友。」小竹子們都唱著動聽的歌謠，歡迎幸福貓咪的到來。

幸福貓咪友好的和竹子朋友們打招呼，一會兒摸摸這棵竹子的臉龐，一會兒拍拍那棵竹子的肩膀。

「竹子大哥，我到這裡來，能做點什麼呢？」幸福貓咪說。

「貓咪小弟，你看到我身邊的秋千了嗎？你可以盪盪秋千啊！」竹子大哥說。

幸福貓咪輕快的盪起了秋千；隨著幸福貓咪力量的加強，秋千越盪越高。幸福貓咪快樂的對自己說：「原來，這就是眞正的快樂。以前，在媽媽的襁褓裡，雖然溫暖，但沒有這麼快樂的。」

「竹子姊姊，我到這裡，能做點什麼呢？」幸福貓咪說。

「貓咪小弟，那邊有一個斜坡，你可以去練習爬坡啊！」竹子姊姊說。

幸福貓咪看著那雖不算高、但有些陡的小山坡，不禁有些發愁：「以前，都是媽媽帶著我翻山越嶺的，我一

個人行嗎？」

幸福貓咪使出了全身的力氣，才爬上了那個小陡坡。站在陡坡的最頂端，幸福貓咪感到了從未有過的幸福，他對自己說：「原來，這就是真正的幸福。」

「啊——」沉浸在幸福中的貓咪，居然忘了自己站在陡坡上，一不小心就摔了下去。這下子，他才嘗到了摔跤的滋味。幸福貓咪爬起來，拍了拍身上的泥土，對自己說：「原來，摔跤後自己爬起來也是一種快樂啊！」

「呼——」起風了，林中的竹子，隨風舞蹈。

「沙沙沙——」下雨了，林中的竹子，似乎又唱起了動聽的歌謠：

「風兒啊，你輕些吹；雨兒啊，你慢些下；有棵小竹子啊，它禁不起風吹雨打。」

幸福貓咪本來想回家了，可是，當他聽到了這淒美的歌謠，他停駐了回家的腳步。

「竹子哥哥，那棵小竹子在哪裡呢？」幸福貓咪在風中問。

「他在林中接受風雨的洗禮。」竹子哥哥說。

「竹子姊姊，那棵小竹子在哪裡呢？」幸福貓咪在雨中問。

「他在林中接受風雨的洗禮。」竹子姊姊說。

「哦，找到了！終於找到了！」幸福貓咪終於來到了小竹子的身旁。這是一棵弱小的竹子，一棵看起來禁不起風雨的小竹子，一棵在風雨中搖擺的小竹子！

「小竹子，我能

幫你做點什麼嗎？」幸福貓咪覺得自己一下子長大了，渴望幫助別人了。

「謝謝你，小貓咪。你只要給我那麼一點點勇氣，我就能度過難關的。」風雨中的小竹子用微弱的聲音對幸福貓咪說。

「小竹子別怕，有我呢！我會在風雨中陪著你的。」幸福貓咪說：「風雨之後，總會有彩虹的。」

幸福貓咪真的在竹林中長大了。

幸福貓咪和小竹子在風雨中相依相偎，一起盼望著美麗的彩虹！

什麼是眞正的幸福？眞正的幸福，不是躺在媽媽溫暖的襁褓裡，也不是一直生活在安逸的環境中。眞正的幸福，是尋找屬於自己的天地，自由自在的享受生活；是不屈於生活中的困難與挫折，是與自己的朋友共度難關。

小朋友，相信自己，只要努力克服困難，風雨之後，總會有彩虹。

葉兒青青菜花黃

三月裡，一株油菜的枝頭，開出了一簇簇小黃花。這些小黃花，在青青的葉子映襯下，顯得更加金黃。

「葉兒青青菜花黃，我唱著歌兒上山崗……」伴著菜花的清香，蜜蜂姑娘提著小桶，採蜜來了。

「我還是第一次看到這樣美麗的小黃花，我還是第一次嗅到這樣沁人心田的芬芳。妳是怎麼來到這裡的？」蜜蜂問油菜姑娘。

油菜姑娘說：「百花仙子讓我把最美的芬芳帶給人間。只是，蜜蜂姑娘，我的花兒裡，並沒有妳需要的蜜糖。」

蜜蜂姑娘微笑著說：「妳的花兒裡雖然沒有我需要的蜜糖，但我們可以成爲好朋友啊！」蜜蜂姑娘的話，讓油菜姑娘的笑臉，在陽光下顯得更加燦爛。

「葉兒青青菜花黃，哪兒有我的好食糧……」伴著油菜花兒的清香，一隻肥胖的菜青蟲爬上了油菜花的花莖。

饑餓的菜青蟲，貪婪的啃食著油菜姑娘的葉子。油菜姑娘皺著眉頭，痛苦的呻吟著：「求妳別再啃了，好疼啊——疼啊——」

「喂！菜青蟲，妳怎麼可以這樣不講禮貌啊？這樣漂亮的油菜花，妳也捨得吃？」蜜蜂姑娘生氣的說。

「哈哈！這樣鮮嫩的葉子，是最好的美味呢！」菜青蟲滿意的說：「吃完了葉子，我還要吃那金黃色的花呢！哈哈哈——」

油菜姑娘在菜青蟲那可惡的笑聲中，痛苦的呻吟著。

蜜蜂姑娘用身子護著油菜姑娘，生氣的對菜青蟲說：

「不行！妳不能再吃油菜姑娘了。妳吃光了她的葉子，她就會枯萎的；這樣一來，我們就再也看不到百花仙子送給我們的美麗了。」

「妳不讓我吃我就不吃了？妳能戰勝我嗎？」菜青蟲惡狠狠的說：「只要妳敢螫我，妳就會沒命！妳敢……」

菜青蟲的話還沒有說完，只聽見「哎喲——」一聲慘叫，菜青蟲就從葉子上滾落下來，在地上痛苦掙扎著……

「蜜蜂姑娘，妳沒事吧？菜青蟲說的話，不會是真的吧？」油菜姑娘急忙問道。

「油菜姑娘，我不後悔我所做的事；我用我的生命，讓更多的朋友能看到妳的美麗……」

說完，蜜蜂姑娘就永遠離開這個美麗的世界了……

百花仙子被蜜蜂姑娘感動了。她打開花囊，撒下了好多油菜花的種子，並對這些種子說：「我要讓妳們開滿田野、開滿山崗；當妳們綻放的時候，我會賜給每朵花兒一滴蜜糖，讓勤勞而善良的小蜜蜂採去做成佳釀。」

第二年春天，滿山遍野的油菜花開了。成群結隊的小蜜

蜂，提著小桶，在金黃的菜花叢中，唱著動聽的歌謠：

「葉兒青青菜花黃，提著小桶採蜜糖……」

小朋友，在我們的生活中，為正義而獻身的英雄非常多，像是警察、消防隊的叔叔伯伯們，他們都是我們學習的好榜樣。

當弱者受到他人欺凌的時候，有正義感的人都應該挺身而出（小朋友可找大人協助），為保護弱者的權利而努力。

蒲公英飛回來了

「天上的星星不說話，地上的娃娃想媽媽……」咩咩羊坐在家門前的柳樹下，用口琴吹出了美妙的旋律。

文文豬是咩咩羊的好朋友，他最喜歡坐在咩咩羊的身邊，靜靜的聽咩咩羊吹口琴。

咩咩羊那把漂亮的口琴，是他五歲生日的時候，大頭豬媽媽送給他的。咩咩羊很喜歡這把口琴，每當那悠揚的旋律從咩咩羊的口琴裡傳出來的時候，天上飛著的鳥兒會在他的頭頂盤旋，地上跑著的小夥伴會在他的身邊跳舞，水中游著的魚兒會朝著他的方向吐出美麗的泡泡……

春天來了，不知什麼時候，小草偷偷的從土裡鑽出來，樹上的花苞也綻放了笑臉……咩咩羊在暖暖的陽光下，輕輕的吹著好聽的曲子。

「柳樹奶奶，您怎麼了？」咩咩羊身邊的文文豬，聽到了柳樹奶奶那輕微的歎息聲。

「孩子，奶奶的心事，你沒法理解。唉——」柳樹奶奶又輕輕的歎了口氣，她說：「不知道那些蒲公英的種子，飄向何方了？」

聽到柳樹奶奶的歎息，咩咩羊也停了下來。「奶奶，您有什麼心事，就對我說吧！」

「我知道柳樹奶奶的心事。」柳樹上的一隻小鳥說：「奶

奶寂寞呢！奶奶思念著那些飄向了遠方的蒲公英呢！」

在咩咩羊的央求下，柳樹奶奶說出了自己的心事：

「以前啊，我的身旁生長著

好多好多會跳舞的蒲公英呢！他們日夜陪伴著我……可是，有一天，他們說，沒有音樂的伴奏，他們的舞姿就不夠優美，所以他們要去尋找一個有音樂的地方。於是，他們就飛走了……」

聽了柳樹奶奶的話，咩咩羊帶著文文豬上路了。

「遠方的蒲公英啊，你們可曾聽見，柳樹奶奶對你們的思念……遠方的蒲公英啊，如果你們回到柳樹奶奶的身邊，我會天天為你們吹出好聽的曲子，讓你們跳出優美的舞蹈……」

咩咩羊一路吹著口琴，尋覓著那些會跳舞的蒲公英。

「咩咩羊，都這麼多天了，還是沒有找到會跳舞的蒲公英，我們回去吧！」文文豬揉著走得痠疼的腿肚子說。

「不行，我相信，只要有恆心，我們一定能找到會跳舞的蒲公英的。」咩咩羊堅定的說。

又過了好些天，咩咩羊和文文豬來到了一個美麗的小山坡。咩咩羊坐在小山坡上，又吹起了那首曲子：「遠方的蒲公英啊，你們可曾記得，柳樹奶奶對你們的思念……遠方的蒲公英啊，如果你們回到柳樹奶奶的身邊，我會天天爲你們吹出好聽的曲子，讓你們跳出優美的舞蹈……」

不一會兒，一幅美麗的畫面，出現在咩咩羊和文文豬的面前：好多撐著小傘的蒲公英，圍著他們跳舞呢！

就這樣，咩咩羊和文文豬把會跳舞的蒲公英帶回了柳樹奶奶的身邊。從此以後，柳樹奶奶的身旁每天都會響起悠揚的琴聲，蒲公英也會歡快的跳舞……

幸福的微笑，又回到了柳樹奶奶的臉上！

給小朋友的貼心話

小朋友，你讓身邊的老人感到快樂嗎？當你身邊的老人需要幫助的時候，你伸出過援手嗎？你會像故事中的咩咩羊一樣，歷盡千辛萬苦，爲老人尋找快樂嗎？

老人曾經爲社會貢獻心力，他們年紀大了，更需要我們的幫助。我們應該以實際行動，去關愛我們身邊的每一位老人！

點亮一盞心燈

晚風輕輕吹拂著大地，月亮害羞的躲進了雲層裡，調皮的星星們在天幕上追逐嬉戲。

「一、二、三……」小熊可哥躺在媽媽的懷裡數著天上的星星。突然，可哥指著天幕上那兩顆最亮的星星，對媽媽說：「媽媽，那兩顆最亮的星星，眞像一雙會說話的眼睛呢！」

熊媽媽撫摸著可哥的頭說：「孩子，那兩顆星星不但是會說話的眼睛，他們還照亮黑夜，照亮人們前進的道路。」

「媽媽，老師說，我的眼睛也會說話呢！我也能爲別人照亮前進

的道路嗎？」可哥眨著大眼睛，天眞的問。

「當然可以啊！當你看到別人需要幫助的時候，就伸出你的雙手，爲別人帶來溫暖，不就是照亮別人了嗎？」

可哥聽懂了媽媽的話，他學會了用一顆眞誠的心，去關愛別人，爲別人帶來溫暖。

可是，不幸卻降臨到了可愛的可哥身上。在一個漆黑的夜晚，可哥幫助兔奶奶蓋房子之後，在回家的路上，走到山路的拐彎處，不小心掉到了山崖下……

可哥永遠失去了那雙會說話的眼睛！可哥永遠看不到這美麗的世界了！熊媽媽傷心的哭了，懂事的可哥卻沒有哭；

他說：「媽媽，我雖然沒有了眼睛，但是，我還有一顆心啊！我會用心來愛您，我會用心去關心別人！」

夜，靜靜的，只有幾隻小蟋蟀在低聲細語，彷彿在講述著白天發生的故事。可哥躺在熊媽媽的懷裡，聽熊媽媽講著美麗的童話故事：「清晨，太陽公公露出了甜蜜的笑臉，花瓣兒上那些珍珠似的露珠，一個個都像在和太陽公公捉迷藏似的，骨碌碌的滾進草叢裡去了……」

「媽媽，您說，這樣黑的夜晚，在我摔跤的那個拐彎處，這時候要是有人經過，不是很危險嗎？」可哥打斷了媽媽的故事。

「是很危險。可是，我們有什麼辦法呢？」熊媽媽問。

可哥想了想，說：「媽媽，我們提著燈籠守在那裡，爲過路的人照亮吧！」

熊媽媽帶著可哥，提著燈籠，守在那個懸崖邊上的拐彎處。

一隻替別人送信的梅花鹿走過來了；他問：「這樣黑的夜晚，你們提著燈籠站在這裡，是在等什麼人嗎？」

可哥說：「這裡危險，我們是在爲過路的人照亮。」

第二天夜晚，在另一個有危險的拐彎路口，一隻梅花鹿提著燈籠守在了那裡。一頭過路的大象看見了，問：「這樣黑的夜晚，你提著燈籠站在這裡，是在等什麼人嗎？」

梅花鹿說：「這裡危險，我是在爲過路的人照亮。」

第三天晚上，在另一個有危險的路口，一頭大象提著燈籠守在了那裡……

日子一天一天的過去了，每當夜幕降臨的時候，在一個個有危險的路口，都會亮起一盞盞燈。遠遠望去，那一盞盞燈，像一雙雙會說話的眼睛，又像一顆顆溫情洋溢的心……

給小朋友的貼心話

小朋友，在生活中，我們要學會用一顆眞誠的心，爲別人帶來溫暖與光明。

一顆顆充滿愛的心，就猶如一盞盞明亮的心燈，會一盞接著一盞的點燃，照亮了別人，幸福了自己。

斷尾巴的呼啦貓

當調皮的月牙兒，爬上高高的樹梢，與星星們玩著「老鷹捉小雞」的時候，咕嚕狗拿著老鼠夾出門了……

「討厭的花貓，我夾瘸你的小腿，我夾掉你的尾巴！」咕嚕狗邊走邊咬牙切齒的念著。

對面那隻小老鼠聽到了咕嚕狗的咒罵，他一溜煙的爬上一棵大樹，尖著嗓門問：「親愛的咕嚕狗大哥，您罵誰呢？」

「我在罵呼啦貓啊！她居然當著老師和全班同學揭穿

我！」咕嚕狗生氣說。

眼尖的小老鼠看見了咕嚕狗拿著的老鼠夾，他小心的問：「你……你要把老鼠夾……放在哪裡呀？」

「這個……」咕嚕狗斜著眼睛瞧了小老鼠一眼，「我可不告訴你！」

咕嚕狗躡手躡腳的來到呼啦貓的花園裡；他偷偷的把老鼠夾放在呼啦貓最喜歡的蝴蝶蘭花圃旁邊，然後悄悄的離開了。

咕嚕狗哪裡知道，他做的這一切，都被一路跟來的小老鼠看在眼裡。

清晨，暖暖的太陽光灑進呼啦貓的窗戶，喚起了睡夢中的呼啦貓。

「眞香啊，一定是我的蝴蝶蘭開花了！」呼啦貓伸了個懶腰；「我得去看一看美麗的花瓣，我得去聞一聞淡淡的花香。」

「哎喲——」當呼啦貓走進蝴蝶蘭花圃，正巧踩住了咕嚕狗放的老鼠夾，夾斷了呼啦貓的尾巴尖兒。

「哈哈哈——哈哈哈——這可是天底下最有紀念意義的時刻呀！」遠遠的躲在樹上的小老鼠，笑得直不起腰。

「那曾經是多麼美麗的貓小姐呀，怎麼斷了尾巴尖兒呢？」喜鵲妹妹說。

「是不是遭到了老鼠的報復？」山羊大叔說。

大家紛紛猜想著，只有咕嚕狗和小老鼠明白是怎麼一回事。

轉眼間，炎熱的夏天到了，咕嚕狗熱得張大嘴巴，伸出舌頭直喘氣。

「到林子裡避避暑吧！」咕嚕狗朝林子深處走去。

忽然，「嘩啦——」一聲響，咕嚕狗掉進獵人的陷阱裡去了！

「救命啊！救命啊！」咕嚕狗大聲呼喊著。

那隻看見咕嚕狗放老鼠夾的小老鼠，聽到呼喊聲跑來了。他瞧著陷阱裡的咕嚕狗，幸災樂禍的說：「這下好了，過不了多久，你的皮會被釘在牆上，你的肉也會擺到人們的餐桌上，多風光呀！」

「叮叮噹，叮叮噹，鈴兒響叮噹……」

呼啦貓唱著歌，朝陷阱這邊走來，小老鼠偷偷的躲進了旁邊的灌木叢中。

「呼啦妹妹，救救我！」咕嚕狗大聲呼喊著。

呼啦貓來到陷阱邊，看到了陷阱中的咕嚕狗，著急的說：「咕嚕大哥，你怎麼這樣不小心呀？你等等，我想個辦法救你上來。」

「有了！」呼啦貓找來一些藤蔓，來到了陷阱邊上，高興的說：「咕嚕大哥，我把這藤蔓的一端繫在大樹上，另一端扔給你，你就可以順著藤蔓爬上來了。」

這時候，那隻躲在灌木叢中的小老鼠說話了：「親愛的貓小姐，妳那條漂亮的尾巴，就是被咕嚕狗放的老鼠夾夾斷的呀！」說完，他就一溜煙跑掉了。

「呼啦妹妹，我……我……對不起妳……」咕嚕狗小聲說：「如果妳今天不救我，我也不會怪妳的。」

要救咕嚕狗嘛，呼啦貓看著自己的斷尾巴，感到有些怨恨；不救咕嚕狗嘛，呼啦貓又會覺得自己小心眼，不夠寬容。

最後，呼啦貓還是把藤蔓的一端繫在大樹上，把另一端扔給了咕嚕狗。

咕嚕狗從陷阱裡爬出來了，呼啦貓和咕嚕狗都開心的笑了。

小朋友，寬容是一種美德。生活中，每個人都有犯錯的時候；如果我們都能夠寬容別人，我們會因此擁有許多可以相互幫助及包容的朋友，我們的生活會因而更加快樂呵！

彎彎的月牙兒

窗外，幾顆明亮的星星，點綴著那方夜空；那笑彎了眉毛、笑彎了嘴兒的月牙兒，不知道什麼時候，也悄悄的爬上了樹梢。

「唉，要是我臉上這彎月牙兒，能掛到天上去，永遠不再回來，該有多好？」

興兒喜歡在有月牙兒的夜晚，托著腮幫子，傻傻的望著月亮，傻傻的想著同一個問題。

十年前，興兒四歲的時候，有一天，幾個小朋友頑皮的在玩燒紅的烙鐵，不小心扔到了興兒的臉上；從此，興兒的臉上就多了一道彎彎的月牙兒。長大後，每當興兒照著鏡子，總是覺得自己不夠美麗；於是，在興兒的生活裡，多了歎息，少了自信。

興兒慢慢的走進自家的花園。

「姊姊，妳爲什麼總是不快樂呢？」花園中那朵最不起眼的小藍花輕輕的問。

興兒傷心的說：「因爲我不美麗！」

「姊姊，妳爲什麼會覺得自己不美麗呢？」小藍花說：「我就覺得自己很美麗呀！」

興兒打量著身旁這朵小藍花：她的莖細細的，顏色淡淡的，花瓣兒並不顯眼，花蕊也並不特別……如果在花園裡選美，這朵小藍花鐵定不能入選。

「妳認爲自己美在哪兒？」興兒問。

「都很美麗呀！」小藍花自信的說：「蜜蜂姑娘採蜜累了，就在我身旁歇歇腳；蝴蝶姊姊有心事，就來向我訴說；螞蟻弟弟遇上雨了，就在我的花瓣下躲一躲……」

興兒對小藍花的善良感到佩服。她再次打量著小藍花：雖然，她看起來並不鮮豔，但是，從她的身上可以讀到幾分自信、幾分幸福！

「嗨！蝸牛先生，您好！」一隻

蝸牛慢慢的爬過來，小藍花熱情的和蝸牛先生打招呼：「您的新娘子娶過門了嗎？」

「藍花妹妹，我可遇上麻煩了！」蝸牛先生歎息著。

「您有什麼需要我幫忙的嗎？」小藍花問。

蝸牛先生說：「我那新娘子說，在迎親那天，她只要一朵美麗的小花做陽傘。可是，我找遍了整個花園，有的花太大，我搬不動；我能搬動的，別人又不願意。」

「蝸牛先生，我也很美麗呀！」小藍花綻放著甜甜的微笑：「如果你喜歡，我可以去給你的新娘子做陽傘。」蝸牛先生滿意的走了。小藍花對興兒說：「姊姊，我眞幸福，我覺得我是世界上最美麗的花兒！」

夜深了，興兒回到了自己的房間。她拿出鏡子，用手輕輕的撫摸著臉上那彎彎的月牙兒：「我像小藍花一樣美麗嗎？」

「其實妳也很美麗！」一個甜甜的聲音說：「妳臉上的月牙兒，如果妳能接受它，妳的生活會變得更加美麗！」

不知什麼時候，天上的月牙姑娘已來到興兒的房間。月牙姑娘的臉上，也有一道彎彎的月牙；可是，她卻笑得那樣燦爛、那樣美麗！

「每一朵花都是美的，凋謝的花瓣也美麗！每一棵樹都是美的，彎曲的樹幹也帥氣！這個世界上，沒有醜的花，也沒有醜的樹……」

月牙姑娘唱著歌，輕輕飛回美麗的夜空。

我們的幸福，是生活的一部分，我們應該接受；我們的挫折，也是生活的一部分，我們也應該接受。

小朋友，讓我們記得：每一朵花都是美的，凋謝的花瓣也美麗！每一棵樹都是美的，彎曲的樹幹也帥氣！這個世界上，沒有醜的花，也沒有醜的樹……

國家圖書館出版品預行編目資料

想飛的小石頭／曾維惠／作；眞輔／繪
—初版.—臺北市：慈濟傳播文化志業基
金會.2007.11〔民96〕288面；15X21公分

ISBN 978-986-83321-6-4 （平裝）

859.6 96020808

故事HOME 12

想飛的小石頭

創辦者 釋證嚴
發行者 王端正
作者 曾維惠
插畫作者 真輔
出版者 慈濟傳播人文志業基金會
11259臺北市北投區立德路2號
客服專線 02-28989898
傳真專線 02-28989993
郵政劃撥 19924552 經典雜誌
責任編輯 賴志銘、高琦懿
美術設計 尚璟設計整合行銷有限公司
印製者 禹利電子分色有限公司
經銷商 聯合發行股份有限公司
新北市新店區寶橋路235巷6弄6號2樓
電話 02-29178022
傳真 02-29156275
出版日 2007年11月初版1刷
2014年4月初版9刷
建議售價 200元